정말일까?

기민세

장편소설

정 말 일 까?

고즈넉
이엔티

정말일까?

1쇄 발행 2022년 12월 19일

지은이 기민세
펴낸이 배선아
편 집 박미애
디자인 엄인경
펴낸곳 고즈넉이엔티

출판등록 2017년 3월 13일 제2022-000078호
주소 서울시 중구 남대문로9길 24, 패스트파이브 시청1호점 904호, 1007호
대표전화 02-6269-8166 **팩스** 02-6166-9199
이메일 gozknockent@gozknock.com
홈페이지 www.gozknock.com
블로그 blog.naver.com/gozknock
페이스북 www.facebook.com/gozknock
인스타그램 www.instagram.com/gozknock

ⓒ 기민세, 2022
ISBN 979-11-6316-004-5   03810

표지/내지이미지 Designed by Getty Images Bank, Freepik

이 글을 완성하기까지
가장 큰 도움을 준 H에게 감사드립니다

수진은 한참 전부터 시계와 전화기를 번갈아 바라보고 있었다. 오늘은 딸의 전화가 오기로 한 날이었다. 딸과 전화를 할 생각에 수진은 하루 종일 아무것도 손에 잡히지 않았다.

　볼일을 마치고 일찌감치 집에 들어온 수진은 곧장 제 방으로 들어가 나오지 않았다. 부산한 저녁 준비 소리가 집 안에 울려 퍼지는 내내 수진은 침대 위에 앉아 묵묵히 전화만 내려다보고 있었다. 곧 엄마가 저녁을 먹으라며 방문을 두드렸지만 수진은 움직이지 않았다. 오로지 시계와 전화기만 번갈아 바라볼 뿐이었다.

　약속한 7시가 점점 가까워지자 수진의 심장이 더욱 불규칙하게 뛰기 시작했다. 시곗바늘 소리와 심장 소리가 뒤섞여 수진의 귓가를 울렸다. 시곗바늘의 초침 소리보다 심장 뛰는 소리가 더 거세지기 시작했을 때 마침내 전화벨이 울렸다. 수진은 거의 튕겨져 나가다시피 다가가 수화기를 낚아챘다.

"여보세요."

아직 진정되지 않은 탓에 수진의 목소리는 살짝 떨리고 있었다.

"……."

수화기 너머에선 아무 말도 들려오지 않았다.

"지연이니?"

수진이 딸의 목소리를 기대하며 물었다.

"……응, 엄마. 나야 지연이. 잘 있었어?"

수화기 너머로 기다리던 지연의 목소리가 들려왔다.

딸의 전화라는 걸 확인하고 나서야 비로소 수진은 침대에 주저앉았다.

"그럼, 잘 지냈지. 마지막 통화하고 나서 계속 네 전화만 기다리고 있었어."

수진이 앞머리를 한 번 쓸어올리며 말했다.

"엄마 목소리 다시 들어서 좋다."

"나도 그래. 목소리 다시 들으니 좋다."

"그동안 어떻게 지냈어?"

조금 밝아진 지연의 목소리가 꼬리를 물었다.

"공부하다가 친구들도 만나고, 일도 하고, 똑같았어. 넌 어때? 재밌는 일 있었어?"

"아니, 나도 똑같아. 저번에도 말했지만 달라지지 않을 거야. 공부 계속해서 다행이다. 엄마, 아픈 데는 없지?"

"응, 다 괜찮아. 가을이 가까워지는지 점점 바람이 시원해져서 좋네. 지연아, 친구들이랑 너에 대해 얘기해봤어."

"정말? 친구들이 뭐라고 해?"

지연의 목소리가 단번에 올라갔다.

"네가 생각하는 그대로야. 다들 농담하는 거냐고, 장난치지 말라고 그런 반응이야."

"하긴 나 같아도 그렇게 생각하겠다."

지연의 말끝에 작은 웃음이 딸려왔다.

"그래도 네 얘기를 믿는 사람도 있긴 했어. 세기말이니, 미스터리니, 하면서. 충분히 있을 수 있는 일이라고 하더라고."

수진의 말에도 웃음기가 배어 있었다.

"아직 사실 잘 모르겠어. 그냥 지금 이 상황이 정말 농담 같아. 뭐가 뭔지 모르겠어."

"엄마도 내 말을 못 믿는 거야?"

"아니야. 지연이 네 말이 거짓말이라고 생각하는 건 아냐, 근데…… 사실 아직 잘 모르겠어. 혼란스러워."

수진은 무릎을 세우고 앉아 다리 사이에 고개를 파묻었다.

"그래, 그럴 수 있지……."

"……."

"계속 고민했지?"

수진은 고개를 들고 뭐라 대답하려다가, 결국 할 말을 찾지 못하고 입술만 작게 깨물었다.

"엄마, 이제 정말 기회가 얼마 안 남았어. 엄마가 선택해야 해. 결정하기 어렵겠지만, 내 말 잘 기억해, 알았지?"

"지연아, 나는…… 정말 아직 잘 모르겠어. 네 말도, 유학도, 일도, 사람들도, 모두 다."

겨우 열린 수진의 입술이 다시 닫혔다.

"엄마, 나 진짜 괜찮아. 엄마가 지금 혼란스럽고, 고민되고, 쉽게 결정할 수 없다는 거 다 이해해. 그런데, 내 말 들었으면 좋겠어. 부탁이야. 다른 것들 생각 말고 제발 엄마를 생각했으면 좋겠어."

"……."

수화기를 사이에 두고 잠시 침묵이 흘렀다. 수진은 침대 위에 털썩 누워 숨을 한 번 고르고 입을 열었다.

"지연아."

"응."

"네가 하는 말 정말이야?"

수진이 지연에게 수십 번은 반복한 질문이었다. 하지만 여전히 수진은 확신을 갖지 못하고 있었고, 정해진 대사처럼 의미

없이 지연에게 또 한 번 물었다.

"응, 정말이야."

지연의 목소리엔 떨림이 없었다.

"정말?"

수진은 다시 한번 되물었다.

"응, 정말이야."

지연의 대답은 언제나 같았다.

수진은 이 모든 상황이 차라리 꿈이기를 바랐다. 수진은 눈을 감은 채 한 손으로 머리를 다시 쓸어넘겼다.

또다시 둘 사이로 짙은 침묵이 가라앉았다.

"엄마, 딱 한 가지만 기억해. 모든 상황에서 엄마의 인생을 최우선으로 생각해. 나는 엄마가 정말 행복했으면 좋겠어."

"지연아."

"응?"

"잘 생각해볼게. 지금은 너무 혼란스러워서 나도 어떻게 해야 할지 잘 모르겠다."

"응, 엄마. 나는 엄마 믿어. 벌써 전화 끊을 시간이네……."

"또 통화할 수 있는 거지?"

"응, 또 전화할게."

"고마워. 몸 건강히 잘 지내고 있어야 해."

"응, 엄마도 잘 지내고 있어. 목요일 저녁 일곱 시, 또 전화할게."

　전화가 끊어지고 나서도 수진은 한동안 움직이지 않고 침대에 누워 있었다. 서늘한 이불의 감촉이 온몸을 타고 올라왔다. 수진은 겨우 몸을 일으켜 수화기를 내려놓고 벽에 기대 쓰러지듯 주저앉았다. 머릿속에 온통 매캐한 연기가 가득 찬 듯했다. 두 손에 얼굴을 파묻고 수진은 눈앞에 펼쳐진 말도 안 되는 상황에 대해 찬찬히 생각했다.

　수진에게는 딸이 없었다. 결혼을 한 적도, 출산을 한 적도 없었다. 수진은 올해 스물네 살 대학생이었다. 그런데 며칠 전부터 20년 후 자신의 딸이라고 주장하는 지연에게서 전화가 걸려오고 있었다.

1999.9.16.(목)

　지연에게서 처음으로 전화가 걸려온 그날은, 수진이 지도교수와 점심 약속이 있는 날이었다. 수진은 약속 시간보다 한참 일찍 학교에 도착해 익숙한 캠퍼스를 거닐었다. 지난달 졸업을 하고 나서 더 이상 이 학교의 학생이 아니라는 생각을 하니 아쉬운 마음이 들어 수진은 대운동장을 한참이나 바라보았다.

　수진은 학교가 좋았다. 9월의 캠퍼스는 3월의 캠퍼스보다 더 푸르고 후덥지근했지만 왠지 모를 스산함이 서려 있었다. 수진은 인문대 앞 광장 계단에 앉아 캠퍼스를 둘러보고 있었다.

강의 시간인지 지나다니는 사람은 거의 없었다. 이따금 멀리서 누군가를 부르는 소리나 자동차 소리, 새소리 따위가 들려오긴 했지만 잔잔한 소음이 지나간 캠퍼스에는 묵직한 적막만이 감돌았다.

학생들로 북적이는 캠퍼스도 좋았지만 어쩐지 이렇게 한적한 시간도 나쁘지 않다고 수진은 생각했다. 나무 그늘 아래에서 맞는 9월의 햇살과 살랑이는 바람은 수진의 기분을 조금 띄워놓기에 완벽했다.

수진은 이 기분을 오래도록 감상하고 싶었지만 약속 시간이 다 되어가는 것을 확인하고는 서둘러 자리에서 일어나 인문대 방향으로 향했다.

멀리서 익숙한 건물이 눈에 들어오자 수진의 걸음이 조금 더 빨라졌다. 인문대의 상징인 하얀 기둥 사이를 지나 건물 안으로 들어가니 차가운 복도의 기운이 온몸으로 느껴졌다. 수업 중인지 강의실마다 웅웅대는 낮은 소리만 새어 나올 뿐 복도는 바깥과 마찬가지로 고요했다.

수진은 복도를 가로질러 중앙계단으로 향했다. 붉은색 벨벳으로 끝이 마감된 중앙계단은 언제봐도 고풍스러웠다. 교수 연구실은 4층이었다. 바깥 풍경을 놓치고 싶지 않았다. 수진은 창문을 따라 계단을 천천히 올랐다.

"401, 402, 403……."

405호 서정혜.

수진은 405호 문패 앞에 멈춰 섰다. 행선판의 화살표가 '강의 중'을 가리키고 있었다.

수진은 연구실 문 앞에 서서 서정혜 교수를 기다렸다. 4층은 모든 것이 여전히 익숙한 그대로였다. 학과 소식을 전해주는 게시판과 빛바랜 짙은 갈색의 강의실 문 그리고 오전의 햇살이 비스듬히 내려앉은 복도까지. 수진은 그것들을 가만히 둘러보고 있었다.

얼마 지나지 않아 강의실 문이 하나둘씩 열리면서 순식간에 복도가 시끄러워졌다. 의자 끄는 소리와 문 여는 소리, 학생들의 말소리가 여기저기서 들려오기 시작했다. 아마도 강의가 끝난 듯싶었다.

수진은 멍하니 있던 눈동자를 고쳤다. 얼마 지나지 않아 누군가 수진 가까이로 다가왔다. 서정혜 교수였다.

서정혜 교수는 교재를 손에 가득 든 채 수진에게 반갑게 인사했다. 그러곤 잠깐만 기다려달라는 말을 남긴 후 연구실로 들어갔다.

수진과 서정혜 교수는 인문대를 빠져나와 학생들로 가득한 캠퍼스를 걸었다. 수진은 이미 오전부터 몇 번이고 돌았던 길이지만 교수님과 걸으니 다시 새로운 기분이었다.

햇살은 조금 더 따뜻했다. 평화로우면서도 활기찼다. 독일 유학에 대해 먼저 말을 꺼낸 건 서정혜 교수였다.

"독일 유학 준비는 어때. 잘 하고 있니?"

"하나씩 알아보고 있는데, 준비해야 할 것도 많고 모르는 것도 아직 너무 많아요."

수진은 독일 유학을 앞두고 있었다. 독일 유학을 다녀와서 교수가 되는 것이 꿈이었던 수진에게 서정혜 교수는 최고의 롤 모델이었다.

대학교에 들어와 지도교수로 처음 서정혜 교수를 만난 순간부터 수진은 언젠가 자신도 서정혜 교수처럼 되리란 꿈을 키우기 시작했다.

수진에게 서정혜 교수는 수준 높은 강의 능력과 커리어뿐만 아니라 학생들을 세심하게 상담해주는 인품까지 무엇 하나 빠지지 않는 완벽한 교수였다. 수업을 듣는 학생들은 모두 서정혜 교수를 좋아했고, 서정혜 교수 또한 격의 없이 학생들에게 다가가곤 했다.

수진도 그런 학생들 중 하나였다. 수진은 서정혜 교수를 실망시키지 않기 위해 학점 관리에 신경을 썼고 입학 후 한 번도 과 수석을 놓친 적이 없었다. 서정혜 교수가 자신을 잘 따르고 학점 관리에도 열심인 수진을 아끼는 것은 당연한 일이었다.

수진은 미래에 대한 윤곽이 어느 정도 잡혔을 무렵, 독일 유학을 결정했다. 독일에서 석박사 학위를 취득해 한국으로 돌아와 교수가 되는 것이 목표였다.

오늘 서정혜 교수를 찾아온 이유도 본격적인 독일 유학 준비에 앞서 조언을 얻기 위해서였다.

두 사람은 서정혜 교수가 추천한 파스타 가게에 도착했다. 넓은 테이블 간격, 매끄러운 대리석, 햇빛이 쏟아지는 통유리창. 한눈에 보기에도 고급스러운 인테리어였다.

점심을 먹으며 수진은 서정혜 교수에게 처음으로 하이델베르크 이야기를 꺼냈다. 하이델베르크는 서정혜 교수가 학위를 받은 학교였다. 자신처럼 독일 유학을 마친 후 교수가 되고 싶다는 수진에게 서정혜 교수는 진심 어린 조언을 아끼지 않았다. 입학에 필요한 추천서부터 학비, 어학원까지 독일 유학에 필요한 것들을 하나하나 꼼꼼하게 챙겨주었다. 수진은 서정혜 교수가 그저 고마울 따름이었다.

"교수님은 유학 생활 힘들지 않으셨어요? 사실 걱정도 많이 돼요. 제가 잘해낼 수 있을지……."

"힘들었지, 왜 안 힘들었겠니. 가족들 생각도 많이 나고, 친구들도 보고 싶고. 말은 안 통하지 공부는 어렵지, 다 힘들었어. 그리고 그때 만나던 남자 친구가 독일 유학을 많이 반대하던 상황이기도 했고."

"남자 친구가 반대했는데 가신 거였어요?"

수진은 들고 있던 포크를 내려놓으며 놀란 눈을 했다.

서정혜 교수는 별일 아니라는 듯 가볍게 손을 내저으며 말했다.

"그래도 어쩌겠니, 내가 가고 싶다는데. 지금 와서 생각해보면 그때 남자 친구 말 안 듣길 잘한 거 같아. 그때 안 갔으면 내가 교수가 될 수 있었을까, 원하는 일을 할 수 있었을까, 하는 생각이 드니까. 혹시 수진이 네 남자 친구가 유학을 반대하거나 그러는 건 아니지?"

"아니에요. 제가 독일 유학을 얼마나 바라왔는지 남자 친구도 잘 알고, 무엇보다 저는 그런 일로 제 꿈 버릴 생각 없으니까요."

서정혜 교수는 그런 수진이 대견하다는 듯 장난스레 엄지를 치켜세우며 환하게 웃었다.

두 사람의 편안한 시간은 식사를 마친 후 카페에서도 계속되었다.

서정혜 교수와 헤어진 후 수진은 도서관으로 향했다. 오랜만에 학교에 들렀으니 학생 때 자주 드나들었던 익숙한 공간에서 시간을 보내고 싶었다.

수진은 책이 많은 도서관을 좋아했다. 시험공부를 하기 위해 도서관을 방문하는 대부분의 학생들과 달리 수진은 정말로 책을 읽기 위해 평소에도 자주 도서관을 찾곤 했다.

　수진은 구석 자리를 좋아했다. 이번에도 구석진 자리를 찾아 오후 시간 내내 책을 읽으며 시간을 보냈다.

　어느덧 퇴근 시간이 가까워진 것을 확인하고 수진은 서둘러 집에 가는 버스에 올랐다. 퇴근 시간과 겹쳐 혼잡한 대중교통을 이용하는 건 딱 질색이었다.

　집으로 돌아온 수진은 저녁도 건너뛰고 방에 들어가 혁건의 전화를 기다렸다. 남자 친구인 혁건은 지금쯤 저녁을 먹고 야근을 시작할 시간이었다. 교수님과의 점심, 도서관에서 읽은 책 이야기를 들려주고 혁건의 소소한 하루 일과도 얼른 듣고 싶었다. 시계를 보니 일곱 시가 가까워지고 있었다.

　'따르르르릉'

　전화벨이 울렸다. 수진은 두 번째 벨이 울리기도 전에 수화기를 집어 들었다.

　"여보세요?"

　수진은 매일 그러했듯 수화기 너머에 혁건이 있을 거라 생각하며 반갑게 전화를 받았다.

　"……."

　하지만 어쩐 일인지 들려오는 대답이 없었다.

"여보세요?"

수진이 반대쪽으로 수화기를 고쳐 잡으며 다시 한번 말했다.

"……여보세요? 제 목소리 들리나요?"

처음 듣는 여자의 목소리였다.

"네, 누구세요?"

수진은 낯선 목소리의 주인공을 추측해보려 애썼지만 떠오르는 사람이 없었다.

"혹시, 한수진 씨 맞나요?"

건너편의 여자가 말했다.

"네, 그렇습니다."

여자는 분명 수진이 아는 사람이 아니었다. 생전 처음 듣는 목소리였다. 목소리는 산뜻하면서도 맑았고 조심스러운 말투와 다르게 생기가 배어 있었다. 그리고 어렸다. 고등학생, 많아봐야 대학교 1,2학년 정도의 여자 목소리였다.

"아……."

수화기 너머로 짧은 탄식이 들려왔다.

"맞구나! 진짜 됐어! 진짜로 연결됐어!"

그리고 곧바로 탄성이 터져나왔다.

"여보세요? 저기, 누구세요?"

무슨 상황인지 파악하지 못한 수진은 당황스러워하며 수화기에 대고 물었다.

"엄마, 나야 지연이!"

기뻐하는 목소리가 답했다.

"……누구……시라구요?"

"나 지연이! 엄마, 진짜 연락이 됐어!"

상대방은 여전히 기쁨을 주체하지 못하는 듯했다.

"저기, 전화 잘못 거신 것 같습니다."

수진은 말을 마치고 수화기를 귀에서 떼어냈다. 아무래도 장
난 전화 같았다. 이런 쓸데없는 전화 때문에 혁건과 통화를 못
하게 될까 봐 수진은 신경질이 났다. 혁건의 전화가 언제 올지
몰랐다. 전화를 끊으려는 순간 수진의 손이 문득 멈췄다. 무엇
인가 수진의 머릿속을 스쳐 지나갔다.

'한수진'. 분명 전화기 너머의 여자는 자신의 이름을 정확히
불렀다. 수진은 붙잡고 있던 수화기를 다시 귓가로 가져갔다.

"어, 엄마! 전화 끊지 마. 엄마! 여보세요? 엄마!"

여자는 다급하게 자신을 부르고 있었다.

"여보세요, 누구세요? 저를 아세요?"

수진이 의심 가득한 목소리로 물었다.

"엄마, 나 엄마 딸 지연이야."

들려온 대답이 수진의 머릿속에서 뒤죽박죽 섞였다.

"뭐, 뭐라구요? 누구신데 그런 말씀을 하세요? 저랑 아시는
분 같은데, 이런 장난치지 마세요."

수진이 목소리는 한층 격앙되어 있었다.

"아니야, 엄마. 장난 아니야. 내 이름은 김지연이고 엄마, 그러니까 한수진의 딸이야."

수진은 이 말도 안 되는 전화를 얼른 끊어야겠다고 생각하면서도 어쩐지 쉽사리 수화기를 내려놓지 못하고 있었다.

"알아, 내 말 못 믿겠는 거. 장난처럼 들리는 거 다 알아. 그럼 엄마 하나만 물어볼게. 지금 거기 몇 년도야? 1999년 맞아?"

다급하게 이곳의 날짜를 묻는 목소리에는 장난기가 배어 있지 않았다.

"네, 1999년 맞아요. 1999년 9월 16일."

수진이 체념한 목소리로 말했다.

"맞구나. 진짜 과거의 엄마가 맞았어. 엄마, 여기는 2019년이야. 2019년 9월 16일. 딱 20년 후. 그리고 나는 엄마 딸 김지연이야. 그러니까 나중에 엄마가 결혼을 하고 아기가 태어나는데, 그게 바로 나야."

"……."

수진은 이 상황이 기가 찰 뿐이었다.

요즘 들어 세기말이니, 종말이니 떠들어대는 사람들이 부쩍 늘어났다. 친구들을 만날 때도 꼭 빠지지 않는 이야기가 그런 것들이었다. 수진은 주변에 있는 그런 부류의 누군가가 장난을 치는 거라고 생각했다.

"내가 다 설명할게. 제발 끊지만 말아줘. 부탁이야. 내 말 한 번만 들어줘."

수진의 침묵에 걱정이 됐는지 여자의 목소리가 다시 다급해졌다.

수진은 이제 이 괘씸한 장난의 끝이 궁금해져 수화기를 계속 들고 있었다.

"여기는 2019년, 내 이름은 김지연이야. 지금 나는 열아홉 살이고, 고등학교에 다니고 있어. 내가 어떻게 엄마에게 전화를 할 수 있냐면, 과거의 엄마와 대화하고 싶어서 항상 기도했어. 기도를 들어주셨는지 얼마 전 우연히 꿈에서 1999년의 엄마를 만났고, 엄마가 내게 전화번호를 알려줬어. 그리고 혹시나 하는 마음으로 전화를 해봤는데 정말 엄마가 받은 거야."

"꿈에서 날 만났다고?"

하다못해 은하의 배열이 깨졌다거나, 2019년이라면 천문학적인 기술의 발전 같은 거창한 이유가 나올 줄 알았는데, 고작 꿈에서 날 만난 게 연결고리였다니. 수진은 그 와중에도 허탈해져 헛웃음이 삐져나왔다.

"응, 나 엄마랑 정말 연락하고 싶었거든. 과거의 엄마랑. 엄마에게 할 말이 꼭 있었어. 그래서 기도가 이루어졌고, 꿈에 엄마가 나와준 것 같아."

수진은 여전히 이 상황이 짜증 나고 성가시기만 했다. 말도 안 되는 데에다 진부하기까지 한 이 장난 전화를 언제까지 듣고 있어야 하는지 머리가 지끈지끈했다. 이미 혁건과의 통화는 어려운 시간이었다.

"응, 나도 설마 하는 마음으로 전화해본 건데, 정말 엄마가 받아서 너무 신기해. 근데 조건이 있어."

"조건?"

"우리가 통화할 수 있는 기회는 여섯 번밖에 없어. 지금 한 번 했으니까 앞으로 기회는 다섯 번 남은 거야. 만약 전화를 걸었는데 못 받으면 기회는 사라져. 그러니까 엄마가 꼭 받을 수 있는 시간에만 내가 전화를 해야 해."

이 어처구니 없는 상황에 조건까지 따라붙다니, 수진은 이마를 짚었다.

"엄마, 휴대폰 있어?"

"아니, 없어."

"그럼 전화는 평소에 어떻게 해?"

"집에 돌아와서 집 전화로 하지, 아니면 공중전화로 하거나."

수진의 친구들은 거의 다 휴대폰이 있었지만 수진은 휴대폰이 없었다. 독일 유학 준비로 빠듯한 탓에 휴대폰까지 구입할 여유가 없었다. 무엇보다 내년이면 독일로 떠날 계획이었기 때문에 한국에서 휴대폰을 굳이 구입할 필요가 없기도 했다.

"그러면, 내가 집으로 전화할게. 이틀 후, 9월 18일 저녁 일곱 시. 잊지 말고 그때 내 전화 꼭 받아야 해, 알겠지? 잊지 마, 이틀 후 저녁 일곱 시!"

지연의 말을 마지막으로 전화가 끊어졌다. 수진은 수화기를 내려놓은 후 침대에 걸터앉았다.

수진은 한동안 아무 생각도 하지 못하고 멍하니 앉아 있었다. 이 터무니없는 장난 전화를 사실이라 믿을 수도 없고 그렇다고 이렇게 정성스러운 장난을 쳐서 얻는 게 뭘까 싶기도 했다. 머리가 어느 한쪽으로 결론을 내리지 못하고 있었다. 이게 뭔가 싶었다.

하지만 이미 다음 전화 약속까지 잡은 뒤였다. 결국 그 여자에게 말려든 것 같아 찜찜했지만, 두 번째 전화가 왔을 때 다시 확인해보면 될 문제였다. 그 전까지는 이 전화에 굳이 신경을 쓰고 싶지 않았다.

지금은 놓친 혁건과의 전화가 더 신경 쓰였다. 평소보다는 조금 늦은 시간이었지만 수진은 혹시나 하는 마음으로 수화기를 들고 혁건의 전화번호를 눌렀다.

긴 신호음 끝에 다행히 혁건이 전화를 받았다. 아까 전화를 못 해서인지 혁건도 반가운 눈치였다.

"오빠! 아까 친구랑 잠깐 통화하느라 오빠 전화를 못 받았네. 미안해."

"아냐, 괜찮아. 사실 나도 오늘 바빠서 전화하는 걸 깜빡했어."

"다행이다. 저녁은 먹었어?"

"아니, 일 마저 끝내고 먹어야 할 것 같아. 오늘 뭐 했어?"

"오전에 서정혜 교수님 만나서 점심 먹고 커피도 마셨어."

수진은 다시 편안한 마음으로 혁건에게 오전에 있었던 일들을 늘어놓기 시작했다. 하지만 혁건은 처리해야 할 업무가 많아 미안하지만 다시 전화하겠다는 말을 남기고 급하게 전화를 끊었다. 수진은 내심 서운했지만 자신이 이해할 수밖에 없다고 생각하며 수화기를 내려놓았다.

오늘뿐만 아니라 혁건은 입사 이후 계속해서 바쁜 상황이었다. 올해 초여름, IMF 외환 위기로 국내의 크고 작은 기업들이 부도를 선언하고 사상 초유의 취업난이 터졌을 때 혁건은 굴지의 대기업에 입사했다. 모두가 기뻐했다. 특히 혁건이 고생해온 걸 옆에서 본 수진은 더욱 기뻤다.

하지만 입사와 함께 고생이 끝난 것은 아니었다. 오히려 버거운 업무량 때문에 혁건은 이전보다 더 많은 스트레스에 시달려야 했다. 자연히 수진을 만나는 횟수도 줄어들었다. 평일에 만나기는 당연히 어려웠고 주말 데이트도 갑작스러운 업무전화 때문에 방해 받기 일쑤였다.

어쩔 수 없이 양보해야 하는 일들이 많았지만, 수진은 혁건을 만날 수 있다는 자체에 만족하기로 했다. 안 그래도 정신없을 시기인데 자신마저 혁건이 챙겨야 할 짐이 되고 싶지는 않았다.

혁건과 전화를 끊고 침대에 앉아 있으니 같이 학교를 다니던 연애 초반 시절이 떠올랐다. 그때는 둘이서 자유롭게 데이트를 할 수 있다는 게 얼마나 큰 특권인지 미처 알지 못했었다. 평일, 주말 가리지 않고 편하게 얼굴을 보고 같이 시간을 보내는 게 당연한 날들이었다. 수진은 그때 혁건과 쌓았던 추억들을 되새기며 착잡해진 마음을 위로했다.

수진은 거실로 나가 TV를 틀고 소파에 앉았다. 눈은 TV를 향해 있었지만 신경은 온통 한 손에 쥐고 있는 삐삐에 가 있었다. 일을 마치고 혁건이 연락하기로 했던 터라, 언제 삐삐가 울릴지 몰랐다.

가족들이 저녁 식사를 하는 동안 지루한 예능 프로그램이 끝나고 아홉 시 뉴스가 시작됐다. 식사를 마친 가족들이 다 같이 둘러앉아 과일을 먹을 때까지도 삐삐는 조용했다.

밤이 더 깊어지자 수진은 부모님께 저녁 인사를 하고 방으로 들어가 침대에 누웠다. 누우면 바로 잠들 것 같았다. 수진은 삐삐를 한 번 보았다. 혁건으로부터 연락은 없었다. 눈이 뻑뻑했다.

수진은 그대로 누워 잠을 청했다. 수진은 바로 잠에 빠져들었다. 한밤중에 걸려온 혁건의 삐삐 소리에도 깨지 못할 정도로 수진은 깊은 잠에 빠졌다.

1999.9.17.(금)

금요일은 수진이 가장 바쁜 요일이었다. 아이스크림 아르바이트와 과외가 몰려 있는 날이기 때문이다. 12시부터 저녁 7시까지는 동네에 있는 아이스크림 가게에서 알바를 하고, 알바를 마친 후 8시에는 저녁 과외가 있었다.

아침 일찍 일어나 저녁에 있을 과외 준비를 한 수진은 이른 점심 식사를 마치고 집을 나섰다.

아이스크림 가게는 집에서 그리 멀지 않은 곳에 있었다. 작은 규모였지만 큰 아파트 단지 근처에 있는 아이스크림 가게는 언제나 손님들로 붐볐다. 아직 햇살이 따가운 계절이었다. 수진은 햇살을 피해 그늘 사이사이로 걸었다.

완전히 가시지 않은 여름의 냄새를 맡으면서 문득 어제 걸려온 전화를 떠올렸다. 누군가 장난치는 게 뻔한 일이었지만 그래도 마음 어딘가가 께름직했다. 저도 모르게 '진짜라면 어떡하지' 하는 생각이 피어올랐다.

하지만 수진은 이내 고개를 흔들며 일개 장난 전화일 뿐이라고 웃어넘겼다. 누군가가 치밀하게 준비한 장난 전화일 뿐이라고. 당연히 약속한 날에 다시 전화가 걸려오지 않을 거라고 생각했다.

수진은 누가 이런 장난을 준비했는지 궁금해졌다. 한 번도 들어본 적 없는 여자의 목소리였다. 누구일까. 이름 몇 개가 순식간에 머리에 일렬로 떠올랐지만 그 어떤 이름도 목소리와 매치되지 않았다.

수진은 여전히 전화를 믿지 않고 있었다. 아직 날이 무더웠지만 미래에서 온 전화라는 그런 얼토당토않은 장난에 넘어갈 정도로 정신이 없지는 않았다. 더군다나 20년 후 자신의 딸이라니, 생각할수록 말이 안 되는 일이었다. 수진은 팽 고개를 저었다.

아이스크림 가게 문을 열고 들어서자마자 수진의 머릿속을 돌아다니던 장난 전화 생각의 꼬리가 싹둑 잘렸다. 아직까지 후덥지근한 날씨가 이어지고 있어서 그런지 아이스크림 가게는 손님들로 발 디딜 틈이 없었다.

"어 수진아, 왔어? 빨리 옷 갈아입고 나와."

정신이 없어 눈도 마주치지 못한 채 한나가 인사를 건넸다.

한나는 아이스크림 가게에서 같이 아르바이트를 하는 친구였다. 같은 과 동기였던 한나와 수진은 대학교 신입생 환영회에서 처음 만났다. 쾌활하고 붙임성 좋은 한나가 수진에게 먼저 다가왔고 둘은 금세 둘도 없는 절친한 사이가 되었다. 함께 지내면서 보니 둘은 성격도 비슷했고 음식 취향도 잘 맞았다. 웃음 코드와 관심사도 비슷했다. 한나와 대화하면 늘 웃느라 시간 가는 줄 몰랐다. 게다가 서로 옆 동네에 살았던 둘은 대학 생활 내내 자연스럽게 붙어 다녔다.

수진에게 아이스크림 아르바이트 자리를 소개해준 것도 먼저 일하고 있던 한나였다. 근무 요일을 맞출 수 있도록 배려해주신 사장님 덕분에 수진과 한나는 늘 함께 일했고, 덕분에 팔다리가 뻐근한 퇴근길도 언제나 즐겁기만 했다.

　"어제 교수님 잘 만났어?"

　"응, 잘 만났지. 학교 다닐 땐 잘 몰랐는데 졸업하고 나서 가니까 학교가 그렇게 좋은 거 있지. 수업 듣는 학생들도 부럽고."

　"야, 너는 중간고사랑 기말고사를 또 볼 자신 있어? 나는 못 해, 절대 못 해."

　한나는 아이스크림 퍼담는 게 훨씬 쉬울 거라며 들고 있던 아이스크림 스쿱을 수진의 얼굴에 가까이 가져다댔다.

　"그건 그렇네. 교수님이 사주신 파스타도 맛있었어. 아마 새로 생긴 곳 같던데, 다음에 같이 가보자."

　"교수님 여전히 맛있는 음식 좋아하시는구나. 그래 다음에 퇴근하고 같이 가자."

　오후가 지나자 가게는 한산해졌고, 문밖은 어느새 퇴근길 발걸음을 재촉하는 사람들로 북적이기 시작했다.

　그것이 신호라도 되는 것처럼 수진은 고개를 들어 시계를 확인하고 서서히 퇴근 준비를 시작했다. 과외 시간까지 얼마 남지 않았다.

오후 일곱 시를 막 지났을 때 수진과 한나는 다음 근무자와 교대를 하고 함께 가게를 나섰다. 손목은 뻐근했지만 한나와 함께하는 퇴근길은 언제나 즐거웠다. 수진과 한나는 동네 가운데에 있는 다리까지 함께 걸었다. 다리의 끝자락에서 왼편은 한나의 동네, 오른편은 수진의 동네였다.

다리 끝에 다다랐을 때 수진은 문득 지연의 전화가 떠올라 한나에게 말해볼까 생각하다 이내 입을 닫았다. 아직 지연의 전화가 누군가의 장난이었는지, 그럴 리 없지만 정말 중요한 전화인지 명확히 밝혀지지 않은 상태여서 말하기가 괜히 망설여졌다. 괜히 이런 사소한 일로 한나까지 복잡하게 만들고 싶지는 않았다. 모든 게 다 밝혀진 후에 얘기해줘도 상관없을 터였다.

수진은 다리에서 한나와 헤어진 후 곧장 집으로 가 가족들과 저녁 식사를 했다. 아직 일과가 다 끝난 것은 아니었다. 수요일, 금요일 저녁에는 지은의 과외 수업이 있었다.

지은은 같은 동네에 사는 고등학생이었다. 수진이 지은의 과외 수업을 맡은 지도 벌써 3년이 넘어가고 있었다. 중학교 3학년, 과외를 처음 시작했을 때부터 수진을 잘 따랐던 지은은 학년이 올라가면서 눈에 띄게 성적이 향상되었다. 지은과 수진의 관계가 좋았던 덕분인지 지은의 부모님도 수진을 과외 선생님으로서 특별히 마음에 들어 했다.

수진은 독일로 떠나기 전 지은에게 가능한 많은 것을 알려주고 가고 싶었다. 지은이 혼자서도 성적 관리를 잘하리라는 믿음이 있긴 했지만, 그것과는 별개로 아끼는 제자로서 조금 더 곁에서 돌봐주지 못해 미안하고 애틋한 마음이 솟곤 했다.

"선생님, 안녕하세요!"

아파트 단지에 들어서자마자 익숙한 목소리가 울렸다. 지은이 오늘도 아파트 입구까지 나와 수진을 기다리고 있었다. 수진은 종종걸음으로 다가가 지은과 함께 엘리베이터를 타고 올라갔다.

수업 준비가 되어 있는 지은의 방에는 언제나처럼 따듯한 핫초코 한 잔이 수진을 기다리고 있었다. 수진이 핫초코를 좋아한다는 걸 알게 된 후부터 지은의 어머니가 매번 준비해주시는 음료였다.

"엄마! 나는 포도 주스로 한 잔 부탁해요."

애교 섞인 표정으로 엄마를 부르는 지은의 목소리가 돌연 수진의 귓가에 날카롭게 꽂혔다.

'엄마, 나 엄마 딸 지연이야!'

며칠 전 걸려왔던 지연의 전화가 다시 수진의 머릿속에 버튼을 누른 것처럼 재생되기 시작했다. 지은이와 비슷하거나 겨우 한두 살 위인 여자의 목소리였다. 누구였을까. 수진은 다시 그

알 수 없는 전화 생각에 빠져들었다.

"선생님, 무슨 일 있어요? 오늘 표정이 별로 안 좋아 보여요."

"아니야, 무슨 일은. 오늘도 지은이 봐서 기분 좋기만 한데."

수진은 자세를 한 번 고쳐 앉으면서 장난 전화에 대한 생각을 털어냈다.

내일은 지연이 두 번째 전화를 하기로 약속한 날이었다. 수진은 내일 전화가 오기 전까지 다시는 신경을 쓰지 않겠다고 마음먹었다.

과외를 마치고 집에 돌아온 수진은 침대에 누워 혁건과 통화를 했다. 혁건은 여전히 바쁜 것 같았지만 밝은 목소리였다. 업무가 밀려 있었던 터라 역시나 혁건과의 통화는 길게 이어지지 못했다. 내일 만나서 무엇을 할지만 겨우 얘기하고 전화는 끊어졌다.

토요일인 내일은 혁건이 공식적으로는 오전에만 근무를 하는 날이었다. 혁건의 퇴근 시간에 맞춰 만나 오랜만에 함께 점심을 먹을 생각을 하니 수진은 벌써부터 들뜨기 시작했다. 다른 일들은 전혀 생각나지 않았다. 오랜만에 혁건을 만나 데이트 할 생각만이 수진의 머릿속을 꽉 채우고 있었다. 수진은 빨리 내일이 왔으면 좋겠다는 생각과 함께 잠자리에 누웠다.

1999.9.18.(토)

회사 앞에서 만난 수진과 혁건은 예약해둔 피자 가게를 향해 걸어가고 있었다. 토요일 오전의 거리는 활기를 띤 사람들로 넘쳐났다. 적당히 포근한 기온과 주말 그 자체가 주는 여유로움 덕분인지 사람들의 얼굴에는 미소가 피어 있었다. 혁건의 손을 잡고 사람들 사이를 걸으며 수진은 오랜만에 설레는 시간을 보내고 있었다.

피자 가게에 도착한 두 사람은 여기서 가장 유명하다는 피자를 주문했다. 요 몇 년 사이 피자 프렌차이즈들이 우후죽순 생겨나면서 예전보다는 저렴하고 질 좋은 피자를 먹기가 쉬워졌다. 이 가게도 그런 곳들 중 하나였다. 이번 주말에는 피자를 먹는 게 어떻겠냐는 수진의 말에 혁건이 출퇴근 길에 눈여겨보았던 이곳을 추천했다.

"밥 먹고 뭐 할까?"

수진이 한입 가득 피자를 오물거리며 말했다.

"오랜만에 영화 볼까? 우리 영화 본 지 오래됐잖아."

"영화 좋지! 요즘엔 뭐가 재미있대?"

"식스센스라고, 이번에 개봉한 헐리우드 영화인데 반응이 좋더라. 정 대리도 엄청 재밌다고 나한테 추천했어. 보러 갈까?"

혁건이 기다렸다는 듯 영화 얘기를 꺼냈다.

"식스센스? 처음 들어보는데, 무슨 내용이야?"

혁건은 들고 있던 피자도 내려놓고 양손으로 과장되게 영화를 설명하기 시작했다. 아무래도 혁건이 이 영화를 보기만 손꼽아 기다리고 있었던 것 같아 수진은 웃음이 났다.

"그래, 그럼 피자 다 먹고 영화 보러 가자."

"그래, 그러자. 엄청 재미있을 거야."

갖고 싶었던 장난감을 손에 넣은 천진한 아이의 얼굴을 한 혁건이 다시 피자를 손에 들었다. 그때 혁건의 바지 주머니에 있던 핸드폰이 요란한 소리를 내며 울렸다.

"네, 김혁건입니다. 네, 네네."

혁건의 표정이 점점 굳어졌다. 통화하고 있는 혁건을 바라보던 수진의 얼굴에도 점차 그늘이 드리웠다.

"네, 지금 먹고 있습니다. 네네, 네."

혁건의 전화는 쉬 끊어지지 않았다. 불안감이 수진의 머릿속에 번졌다. 수진은 포크를 내려놓은 채로 혁건을 바라보았다.

"네네, 네, 알겠습니다."

전화를 끊은 혁건은 짜증과 아쉬움이 한데 뒤섞인 얼굴로 깊은 한숨을 내쉬었다.

"수진아, 나 회사에 들어가봐야 할 것 같아."

"괜찮아, 오빠. 급한 일인 거잖아."

수진은 이런 상황이 익숙하다는 듯 왜냐고도 묻지 않았다.

"괜찮겠어? 미안해."

"미안할 게 뭐 있어. 오빠 잘못도 아닌데. 요즘 같은 세상엔 바쁜 게 다행인 거야. 밖에 봐봐, 실업자가 넘쳐난다잖아. 얼굴 봤으니 됐어. 우리 피자 맛있게 먹자."

오히려 수진은 밝게 웃어 보이며 혁건을 위로했다.

"미안해, 수진아."

식사를 마치고 나온 수진과 혁건의 발걸음은 자연스레 혁건의 회사 쪽으로 향했다. 거리는 여전히 9월의 따뜻한 기운과 설렘으로 가득했다. 그 사이에서 수진은 혁건의 손을 잡고 묵묵히 걸었다. 회사와의 거리가 가까워질수록 수진의 손에도 힘이 들어갔다.

수진과 제대로 된 인사를 나눌 겨를도 없이 혁건은 커다란 회사에 집어삼켜지듯 문 안으로 사라졌다. 이제 할 것도 하고 싶은 것도 없어진 수진은 혁건이 들어간 문을 바라보다 근처 서점으로 발걸음을 돌렸다.

책은 언제나 수진을 위로해주는 것이었다. 다양한 디자인의 책들이 바르게 정리되어 가득 꽂혀 있는 책장은 보는 것만으로도 어떤 만족감을 가져다주었다.

서점에 들어선 수진은 또 한동안 책들 사이에 파묻혀 아쉬운 마음을 갈무리했다.

혼자 시간을 보내고 집에 돌아온 수진은 텔레비전을 보며 고구마를 먹고 있었다. 엄마는 부엌에서 아빠의 퇴근을 기다리며 저녁 준비를 하고 있었고, 피자를 먹은 탓에 딱히 밥 생각이 없었던 수진은 거실 소파에 누워 텔레비전을 보고 있었다. 나무랄 데 없는 토요일 저녁의 풍경이었다.

'따르르릉'

좋아하는 연예인이 나온 예능 프로그램에 한참 빠져 있을 때쯤 테이블 위에 놓인 전화기가 울렸다.

"내가 받을게."

수진이 소파에서 일어나며 말했다. 수진은 텔레비전에서 눈을 떼지 않은 채 테이블로 손을 뻗어 무선전화기를 집어 들었다.

"여보세요?"

"……."

"여보세요? 누구세요?"

"나, 지연이야."

"네? 누구시라고요?"

"엄마, 나 지연이야 지연이. 오늘 전화하기로 했잖아."

수진은 그제야 엊그제 전화가 떠올랐다. 혁건과의 데이트 때문에 오늘 지연이 전화하기로 했던 것을 까맣게 잊고 있었다. 놀란 눈으로 거실 시계를 보니 정확히 일곱 시를 가리키고 있었다.

"누구 전화니?"

엄마가 부엌에서 고개만 내밀고 물었다.

"어, 아무것도 아냐. 내 친구."

수진은 대충 대답하고는 얼른 전화기를 들고 방으로 들어갔다.

"어, 그래 지연아. 잘 지냈어?"

수진은 방 안을 서성이다 침대 모서리에 걸터앉아 조심스럽게 입을 열었다.

"응, 잘 지냈지. 엄마도 잘 있었어?"

지연의 목소리는 여전히 밝았다.

"나도 잘 지냈지. 어, 근데 정말 다시 전화했네."

수진은 그동안 마음 한쪽에서 불쑥불쑥 '어쩌면…….' 하는 의심이 든 적도 있었지만 그럴 때마다 이내 말도 안 된다며 당연히 장난 전화일 거라고 생각하고 있었다. 이쯤 되면 상대가 누구인지는 몰라도 자신에게 꽤나 정성스러운 장난을 치고 있는 것은 분명했다.

"당연하지, 약속했잖아. 설마 잊고 있었어?"

"아, 아니. 나도 기억하고 있었어."

"그렇지? 잊지 않았구나! 여기는 지금 2019년이고 나는 엄마의 미래의 딸이란 거, 이제는 믿는 거지?"

지연이 한층 들뜬 목소리로 말했다.

"사실…… 아직도 모르겠어."

상대방이 장난 전화라고 밝히며 웃고 끝날 줄 알았던 전화가 이렇게까지 진지하게 이어지자 수진도 점점 복잡해지기 시작했다. 지연의 말이 사실일 확률이 아주 조금은 있을 수도 있겠다는 생각이 들다가도 다시 살펴보면 도무지 말도 안 되는 상황이었다.

"사실 믿고 안 믿고는 엄마 자유야. 나는 지금 엄마랑 이야기하고 있다는 자체가 행복해."

"그러니까, 지금 전화를 하고 있는 너는 20년 후 미래의 내 딸이라는 거지?"

"응, 맞아. 전화를 할 수 있는 기회는 총 여섯 번. 오늘 두 번째 전화를 했으니까 앞으로 네 번 더 전화할 수 있어."

수진은 오늘 혁건과 헤어지고 들렀던 서점에서 본 책들이 떠올랐다. 세기말 분위기에 편승해 종말이니, 4차원이니 하는 현상들을 나름의 방식대로 설명한 책들이 특별코너에 진열되어 있었다. 잠깐 훑어본 코너에는 시간 여행, 과거와의 교신 같은 내용을 다룬 책들도 있었는데 그런 것들을 떠올리니 괜히 이 상황이 더 헷갈리기 시작했다.

게다가 여섯 번의 기회가 있다는 지연의 말도 일관되었다. 그 내용이 사실인지 거짓인지를 떠나 지연의 주장은 그저께 통화할 때와 다름이 없었다. 수진은 허술함을 포착하기 위해 일부러 아주 사소한 질문도 해봤지만 틀린 점은 없었다. 지연의 말과 수진의 기억은 일치했다.

이 정도 치밀함이라면 정말 오랫동안 준비해온 정성스러운 장난이거나, 매우 낮은 확률이지만 정말로 이 전화가 미래에서 걸려온 전화일 수도 있겠다는 생각이 들 지경이었다.

"정말 미래에서 걸려온 전화가 맞다면, 뭐 하나만 물어볼게."

"응, 뭔데?"

"나 20년 후에 어떻게 되어 있어? 독일 유학 끝내고 교수가 되어 있어? 어느 학교에서 강의하고 있어? 전공은 뭐야?"

수진은 만약 이 전화가 정말 미래에서 온 전화라면 다른 것보다 자신의 미래를 먼저 알아보고 싶었다. 지연의 대답에 모든 것이 달려 있기라도 한 것처럼 수화기를 쥔 수진의 손 마디마디에 힘이 바짝 들어갔다.

"어, 그게……."

"왜, 그것까진 잘 모르겠어?"

말끝이 매가리 없이 흐려지자 수진은 자신의 날카로운 질문에 지연이 넘어갔다는 생각이 들어 조소를 지었다.

"아니, 그게 아니라……."

"그게 아니면?"

"엄마, 교수 못 돼."

망설이던 지연이 겨우 대답했다.

"그게 무슨 말이야? 교수가 못 된다고?"

수진은 저도 모르게 침대에서 벌떡 일어나며 소리치듯 대답했다.

"응……. 엄마 유학도 못 가고 박사 학위도 취득 못 해. 당연히 교수도 못 되고, 엄마는 그냥…… 엄마가 돼."

"그게 무슨 소리야? 유학도 못 가다니?"

수진은 저도 모르게 지연의 말에 매달리고 있었다. 지연의 말이 진짜인지 아닌지 구분하는 건 이제 뒷전이었다. 수진은 자신이 왜 교수가 되지 못하는지 지연에게 따지듯 물었다.

"엄마는 유학을 가려다가 아빠랑 결혼을 하게 돼. 그리고 나를 낳았어. 어릴 때 엄마 꿈이 교수였다는 건 엄마한테 들어서 잘 알아. 실망스럽겠지만…… 엄마는 교수가 되지 못해."

교수가 되지 못한다는 지연의 한마디는 위력이 엄청났다. 좀 전까지만 해도 전화를 단순 장난으로 치부했던 수진은 이제 이 현실을 어떻게 받아들여야 할지 몰라 눈을 질끈 감았다. 이제는 믿을 수도, 믿지 않을 수도 없는 이 오갈 데 없는 상황이 왜 자신에게 벌어졌는지 원망스러울 뿐이었다.

"엄마, 듣고 있어?"

"뭐, 다른 건 없어? 왜 유학을 안 가고, 왜 교수가 안 되고, 어떻게 살아오고 어떤 사람이 되어 있고, 다른 건 없어?"

"미안해, 엄마. 더 이상 자세히 말해줄 수가 없어."

수진은 이제 지연의 말이 사실인 것처럼 들렸다. 교수가 되지 못했다면 자신은 미래에 어떻게 살고 있는지 지연에게 다급하게 물었다.

"엄마, 이제 끊을 시간이야."

"그래, 다음 통화는 언제야?"

수진은 어느새 다음 전화 약속을 잡고 있었다.

"다음 주 화요일, 저녁 일곱 시에 전화할게. 괜찮지? 꼭 받아야 해."

"그래, 다음 주 화요일, 저녁 일곱 시."

수진이 가라앉은 목소리로 말했다.

"엄마."

"응?"

수진은 '엄마'라는 말에 자연스럽게 반응하는 제 모습이 어이없어 웃음이 나왔다.

"잘 자."

"그래, 너도."

통화를 끝낸 수진은 움직이지 않고 그 자리에 가만히 누워 있었다. 처음보다 머릿속이 더 복잡해졌다.

사실이든 아니든 유학, 학위, 교수임용까지 모두 실패한다는 말을 들으니 적지 않은 충격이 덮쳐왔다. 괜히 기분이 안 좋았다. 더 이상 생각하고 싶지 않았지만 지연과의 통화가 숨 쉬듯 머릿속을 들락거렸다. 아직 조금 이른 시간이었지만 수진은 그냥 다 잊고 꿈속으로 도망치고 싶었다. 그만큼 교수가 되지 못한다는 말은 수진에게 충격적이었다. 수진은 자신의 미래가 송두리째 부정당했다는 느낌을 떨칠 수가 없었다. 머릿속이 복잡했다.

우울해하던 수진은 문득 지연의 말을 믿느냐 믿지 않느냐는 자신이 정할 수 있는 일이 아니라는 생각이 들었다. 자신은 어느새 지연의 한마디 한마디에 집중하고 있었고 지연의 말이 마치 사실인 것처럼 받아들이고 있었다.

지연의 말은 치밀했고 일관성이 있었다.

사실 지연의 대답이 뭐였건 간에 자신 스스로가 독일 유학을 결심하고 비행기를 타고 떠나면 될 일이었다. 하지만 결혼을 하고 지연을 낳아 독일 유학을 포기했다는 지연의 말이 모든 사고를 정지시키고 있었다.

수진은 조금 더 머리를 굴렸다. 그리고 한 가지 방법을 떠올렸다. 지연의 전화가 정말 미래에서 걸려 온 것이라면 미래에 대해 물어보면 될 문제였다. 지연의 전화가 정말이라면 지연은 어떤 미래든 대답할 수 있어야 했다. 간단했다. 수진의 눈이 다시 떠졌다.

수진은 침대 위에 덩그러니 놓인 무선전화기를 집어 들고 거실로 나갔다.

"다 끝났니?"

소파에서 텔레비전을 보고 있던 아빠가 수진을 보며 말했다. 엄마는 여전히 부엌에서 저녁 준비를 하고 있었다. 십 분 남짓한 시간 동안 수진은 마치 다른 세계를 여행하고 온 기분이었다.

"응, 다 끝났어. 이거 아직 하네."

수진이 텔레비전을 바라보며 말했다.

텔레비전에서는 좀 전에 보던 프로그램이 아직 흘러나오고 있었다. 수진은 자연스레 아빠 옆에 자리를 잡고 앉아 텔레비전에 집중했다. 텔레비전에서는 왁자지껄한 웃음소리가 터져 나왔다. 수진은 자러 들어갈 때까지 텔레비전에만 집중했다.

1999.9.19.(일)

아쉽게 헤어진 다음 날 수진과 혁건은 커피를 사이에 두고 마주 앉아 여유로운 일요일 오후를 즐기고 있었다. 혁건이 다음 날 출근해야 하기 때문에 일요일은 만나더라도 간단하게 커피 한 잔만 마시는 걸로 정해져 있었다. 혁건이 취직을 하고 나서부터 생긴 암묵적인 규칙이었다.

수진은 어제 걸려온 지연의 전화를 알게 모르게 계속 신경 쓰고 있었다. 미래 예측을 통해 지연을 떠보기로 마음먹었으나 그것과는 별개로 돌아온 대답이 마음에 걸리는 건 어쩔 수가 없었다. 지연의 전화 자체는 신경을 쓰지 않을 수 있었지만 미래에 유학도 못 가고 교수도 되지 못한다는 말은 수진의 주위를 계속 맴돌았다.

수진은 지금껏 단 한 번도 그렇게 생각한 적이 없었다. 수진은 생전 처음 듣는 교수가 되지 못한다는 말에 적잖이 충격을 받은 상태였다. 스스로 생각해보거나 혹은 주변 사람들의 평가만 들어봐도 수진은 당연히 독일 유학을 마치고 교수가 될 사람이었다. 걸림돌이라고 생각했던 언어적 장벽도 서서히 극복해나가고 있었다. 교수가 되기 위한 성적도 준수했고 무엇보다 교수라는 자리에 대한 열망은 누구에게도 비할 바가 아니었다. 그런 수진에게 교수가 되지 못한다는 지연의 대답은 모든 것을 멈출 만큼 충격적인 것이었다.

혁건을 만나고 있는 와중에도 머릿속 한 켠에서는 지연의 말이 떠나질 않았다. 수진은 지연에 대한 혁건의 생각이 궁금했다. 남에게 자신의 이야기를 잘 하지 않는 수진이지만 혁건만은 예외였다. 혁건은 수진이 자신의 속내를 털어놓는 거의 유일한 사람이었다.

"오빠."

수진이 커피 잔을 내려놓으며 말했다.

"응?"

혁건이 차가운 커피가 들어 있는 잔을 빨대로 휘적거리며 대답했다.

"오빠도, 요즘 사람들이 말하는 거 믿어? 세기말이나 뭐 지

구멸망이나, 미스터리 이런 거 있잖아."

"음, 생각해본 적이 없는데. 왜?"

혁건이 대수롭지 않은 이야기라는 듯 커피를 한 모금 마셨다.

"아니, 그냥. 그런 것들에 대해서 어떻게 생각하나 궁금해서."

"미스터리가 과학적으로 설명하기 어려운 것들 말하는 건가?"

"응, 그런 거 있잖아. 타임머신이나 흡혈귀, 시간 여행자, 미래와 과거의 만남, 다른 차원에서 온 전화……. 그런 것들."

수진은 그런 초자연적인 현상에 대한 혁건의 생각을 먼저 알고 싶었다. 다짜고짜 지연의 얘기를 꺼내기에는 너무 터무니없어 보일 터였다.

"음, 어느 정도 흥미롭다고 생각해. 나름 근거가 있는 것들도 있고. 너무 자극적인 것들만 아니라면 재미로 보기엔 나쁘지 않아 보여. 전부 다 진짜라고는 믿지 않지만 그래도 그중에 몇몇은 사실인 것도 있지 않을까?"

혁건이 웃으며 말했다. 나름 긍정적인 반응이었다.

"그래? 그중에서 사실도 있을 거 같아?"

"그럼. 우리가 신도 아니고, 모든 걸 다 알 수는 없는 거니까. 사실 잘 모르겠다고 하는 게 제일 정확하겠지만……. 어쨌든 완전히 다 허무맹랑한 얘기는 아닐 거라고 생각해."

"그렇지?"

이만하면 혁건에게 말할 수 있겠다 싶어 보였다.

"그럼 오빠, 만약에 미래에서 전화가 오면 믿을 수 있겠어?"

"미래에서 전화가 온다고?"

"응. 어느 날 갑자기 오빠한테 미래에서 전화가 걸려와, 그러면 오빠 그 말을 믿을 수 있겠어?"

수진은 혁건의 생각이 궁금했다. 혁건의 대답이 그 전화의 진실 여부를 확정지어주는 건 아니었지만 수진은 이 상황을 객관적으로 바라봐줄 타인이 절실하게 필요했다. 수진의 마음 깊숙한 곳에는 결정을 회피하고 다른 사람에게 선택을 의지하고 싶은 욕망이 저도 모르게 자리 잡고 있었다.

"음, 어렵네. 사실 과학적인 관점으로 봤을 때 당연히 말도 안 되는 이야기잖아. 무슨 영화 같은 이야기니까. 나한테 그런 전화가 온다면, 말도 안 되는 일이라고 생각하고 안 믿을 거 같은데?"

"그러면 믿지 않는다는 거야?"

수진은 혁건 가까이로 몸을 당겨 앉으며 물었다. 수진의 물음은 마치 교수가 되지 못하는 자신의 미래 같은 건 누군가 꾸며낸 허구라 말해달라는 간절한 외침 같았다.

"그렇다고 또 완전히 거짓말이라고 생각하진 못할 것 같아. 만에 하나라는 게 있으니까. 아까 말했던 것처럼 우리가 세상의 모든 진리를 알고 있는 것도 아니고……. 그런 특별한 전화가 오면 조금은 믿어보고 싶을 것도 같은데?"

두루뭉술했다. 결국 선택은 수진의 몫이었다.

혁건이 말을 마친 후 커피를 한 모금 마셨다. 혁건의 눈빛은 커피를 향하고 있었으나 수진은 혁건에게서 눈을 떼지 않고 있었다.

"그리고 미래는 자신이 바꿀 수 있는 거잖아."

혁건이 덧붙였다.

"그렇지? 미래는 바꿀 수 있는 거지?"

수진이 반색하며 물었다.

"그럼, 당연하지."

혁건이 웃으며 대답했다.

두 사람은 잠시 말없이 커피를 홀짝였다. 커피는 일요일 오후처럼 달콤하면서도 쌉쌀했다.

수진은 지연에 대해 좀 더 직접적으로 말해도 괜찮겠다는 생각이 들었다.

"오빠."

"응?"

"나 사실 말할 게 있어."

"뭔데?"

"방금 말한 거 있잖아, 미래에서 걸려오는 전화."

"응"

혁건이 수진을 빤히 보며 말했다.

"그거 내 얘기야."

"뭐라고?"

혁건은 수진의 말이 정말인지 가늠하려는 듯 한동안 수진의 눈을 응시했다. 하지만 역시 웃음기 없이 혁건의 눈빛을 받아치는 수진의 태도에 서서히 혁건의 눈동자가 흔들렸다.

"며칠 전에 이상한 전화가 걸려왔었어. 자기가 20년 후 미래에서 전화를 하고 있다고. 장난인 줄 알았는데 어제 두 번째 전화가 왔었어."

수진은 말을 하는 와중에 혁건에게 어느 부분까지 말을 해야 할지 고민을 하고 있었다. 아무래도 지연의 이야기는 조심스러웠다.

"미래에서 전화가 왔다고? 그래서 뭐래?"

혁건이 아직도 믿기 어렵다는 태도로 물었다.

"아니 글쎄…… 자기가 내 딸이라는 거야. 그러니까 20년 후 미래의 나의 딸. 이게 말이 돼?"

"와…… 황당한 이야기 그 자체네."

혁건이 헛웃음을 터뜨리며 말했다.

"오빠가 보기에도 그렇지? 처음 전화가 왔을 때 나도 누가 장난치는 거라고 생각해서 물어봤어. 도대체 미래에서 어떻게 나한테 전화를 할 수 있는 거냐고."

"응. 그러니깐 뭐래? 전화 어떻게 한대?"

"꿈에서 나를 만났대. 내가 꿈에서 전화번호를 알려줘서 전화를 해보니까 진짜 내가 받았다는 거야."

수진이 허탈한 웃음을 지어 보였다.

"아, 뭐 좀 더 대단한 방법이 있을 거라고 생각했는데, 꿈에서 만난 거라고? 너무 진부한 거 아냐?"

꿈 얘기를 처음 들었을 때 수진과 같은 반응이었다.

"나도 그 생각이 먼저 들더라고. 그리고 전화할 수 있는 횟수도 정해져 있대. 여섯 번이었나? 그 전화가 이번 주 수요일인가 목요일에 처음 온 거고, 두 번째 전화가 토요일에 온 거야. 어제."

"어제 전화해서는 무슨 얘기를 했는데?"

혁건의 목소리 톤이 다시 올라갔다.

"나는 당연히 장난 전화라고 생각했으니까 허점을 찾아내려고 일부러 사소한 질문을 해봤는데, 오히려 더 복잡해졌어. 그 사람이 하는 말에 다 일관성이 있더라고."

수진의 표정은 사뭇 진지했다.

"그래? 어떤 거?"

"처음 전화에서 말한 규칙이나 기준들을 다 똑같이 말하더라고."

"치밀하게 준비하면 그 정도는 외울 수 있지 않을까?"

혁건이 등을 의자에 기대며 말했다.

"그럴 수도 있지. 다음 전화는 다음 주 화요일 저녁 일곱 시에 하겠대. 정말 또 전화가 온다면 이건 진짜 준비를 엄청 많이 한 정성스러운 장난 아니야? 도대체 왜 나한테 이렇게까지 할까?"

수진은 혁건에게 설명하면서 다시 한번 지연의 전화가 정말 말도 안 되는 일이라고 생각했다.

"아니면 진짜로 미래에서 걸려온 것일 수도 있잖아."

혁건의 표정이 전에 없이 진지해졌다.

"오빠는 그 전화를 믿어?"

수진은 혁건의 의외의 반응에 놀랐다.

"확실하지 않긴 하지. 근데 혹시 모르는 거잖아, 만에 하나 진짜인지 아닌지는. 진짜로 미래의 딸이 통화를 하고 싶어서 전화를 건 거면 어떡해? 그러니까 그냥 그 전화가 진짜 미래의 딸이라고 믿고 통화해주면 되는 거지."

"응? 믿으라고?"

수진은 '예' 아니면 '아니오'를 원했다.

"만약 그 전화가 장난 전화라고 쳐도 그냥 그 사람 말을 믿고 통화한다고 해서 손해볼 건 없잖아. 그냥 상대방은 장난 전화를 해서 재미있었고, 너는 특별한 경험을 한 거니까 그것대로 재미있는 거고. 근데 만약에 그 전화가 정말 미래에서 온 것이라고 생각해봐. 그러면 이야기가 완전히 달라지는 거지. 미래에서 온 전화, 이건 전 세계, 전 인류 아니 이 우주의 역사를 통틀어 봤을 때도 어마어마한 경험인 거야. 그 전화를 통해서 어떤 미래를 알게 되든 너에게 필요한 부분만 받아들여서 좋은 기회로 만들 수도 있지 않을까? 그냥, 그 전화를 믿어봐."

혁건의 눈빛은 여전히 진지했다. 우스갯소리로 하는 말은 아닌 듯했다.

수진은 연신 고민스러운 표정을 지었다. 혁건의 말을 듣고 보니 맞는 것도 같았다. 장난 전화라면 수진이 전혀 신경 쓸 문제가 아니었다. 혁건의 말대로 장단 한번 맞춰주면 그만일 문제였다. 지연의 전화가 만에 하나 사실이라 하더라도 결국 유학을 가서 교수가 될지, 결혼을 하고 유학을 포기할지는 수진의 선택에 달려 있는 것이었다. 그 전화를 기회로 이용해도 될 것 같다는 생각도 들었다.

"오빠 말대로 한번 믿어볼까?"

수진은 자신이 아닌 혁건의 판단을 따라서 결정하게 된 것에 옅은 안도감과 묘한 해방감을 느꼈다.

"믿는 것이 꼭 좋다기보다는 어차피 걸려온 전화니까 그냥 한번 믿어보라는 거지. 그게 장난 전화라면 재밌는 경험인 거고, 진짜로 미래에서 온 전화라면 너무 신기하고 특별한 기회인 거니까."

수진은 혁건의 생각을 충분히 알아들었다. 믿고 안 믿고를 두고 혁건과 괜히 논쟁을 하고 싶지는 않았다. 수진은 혁건의 의견을 받아들이는 것도 나쁘지 않겠다고 생각했다. 혁건의 말이 나름대로 일리가 있어 보였고 무엇보다 선택을 회피했다는 해방감을 계속 유지하고 싶었다.

"그래, 오빠 말대로 상대방을 믿고 통화에 집중해볼게. 만약 화요일에 세 번째 전화가 걸려오면, 정말 미래에서 전화를 한 건지 한번 시험해보려고."

수진이 남은 커피를 다 마시며 말했다.

"어떻게?"

"다음 주 복권 당첨 번호를 물어봐야지. 맞히면 그야말로 대박이고, 못 맞히면 장난 전화인 거고."

수진이 어깨를 으쓱하며 장난스러운 웃음을 지었다.

"하하, 그러게. 제일 확실한 방법이네. 그런데 진짜 정체를 꼭 알아내야겠어? 진짜인지 아닌지 밝혀지면 별로 재미가 없잖아. 그 전화가 뭐 피해를 주는 것도 아니고, 나라면 굳이 알아내지 않을 거 같은데."

혁건이 공상 같은 말을 쏟아냈다.

"그건······."

수진은 황급히 입을 닫았다. 하마터면 지연의 이름이 입 밖으로 튀어나올 뻔했다. 교수가 되지 못한다는 지연의 마지막 말이 수진을 간신히 멈춰 세웠다.

피해를 주지 않는다니. 자신이 미래에 교수가 되지 못한다고 말한 것보다 더 큰 피해가 있을까. 그리고 2019년에 지연의 나이가 열아홉 살이라는 걸로 미루어봤을 때 그 결혼 상대는 혁건일 확률이 매우 높아 보였다. 어쩌면 수진의 유학을 가로막는 당사자가 혁건일 수도 있다고 생각하니 수진은 혁건 앞에서 쉽게 지연의 얘기를 꺼낼 수가 없었다.

"그래도, 너무 궁금하잖아! 이번에 전화 오면 한번 물어볼래."

진짜로 미래에서 걸려온 전화라면 그걸 역으로 이용하여 유학을 가는 데 도움이 되도록 해도 좋을 것 같다는 생각이 동시에 들었다.

"미래에서 올 수도 있어. 세기말이니까."

혁건이 우스꽝스러운 표정으로 고개를 끄덕이며 말했다.

"뭐래, 오빠 종교 없으면서."

수진이 웃으며 받아쳤다.

일요일 오후가 평화롭게 지나가고 있었다. 주말의 평온함과 다가오는 월요일이 주는 긴장이 안정적으로 뒤섞여 있었다. 수진과 혁건은 해가 지기 전에 헤어졌다. 어둠이 깔릴수록 주말이 끝나간다는 답답함이 두 사람을 옥죄어왔다.

1999.9.20.(월)

수진과 한나는 나란히 카운터에 앉아 턱을 괴고 가게 문을 바라보고 있었다. 시간은 오후 한 시를 막 넘어가고 있었다. 유독 손님이 없는 날이었다. 평소 같았으면 아이스크림을 푸느라 정신없을 시간이었지만 그날은 텅 빈 매장에 시끄러운 음악 소리만 울리고 있었다.

수진은 어제 혁건과 헤어진 이후 계속해서 지연에 대해 신경 쓰고 있었다. 지연에 대한 생각으로 머릿속이 가득하다기보단 빨리 지연과 통화를 해서 미래에 대한 질문을 하고 싶은 마음이 더 컸다.

어제 혁건과의 대화가 수진의 머릿속에 교수가 되지 못한다는 말을 계속 상기시키고 있었다. 지연에 대한 관심보다 교수가 되지 못한다는 말에 관심이 더 쏠렸다. 그 말은 아이스크림 가게까지 수진을 따라왔다.

수진은 한나에게 지연에 대해 이야기를 꺼내기는 망설여졌지만 그래도 교수가 될 수 있다는 말을 듣고 싶었다. 수진은 자연스레 입을 열었다.

"한나야."

수진이 미동도 하지 않고 한나를 불렀다.

"응?"

한나도 입만 움직여 대답했다.

"넌 뭐 할 거야?"

"아무것도 안 할 거야."

"응?"

"난 오늘 아무것도 안 할 거야. 지금도 아무것도 안 할 거고 이따 집에 가서도 아무것도 안 할 거야."

한나가 굳건한 목소리로 말했다.

"아니, 그거 말고. 앞으로, 앞으로 뭐 할 거냐고."

수진이 웃음을 터트리며 말했다.

"앞으로?"

그제야 한나가 느긋하게 고개를 돌려 수진을 바라봤다.

"응, PD 준비 계속할 거야?"

"갑자기 그 질문은 뭐야? 벌써 추석인 줄 알았네."

한나가 지겹다는 듯 장난스럽게 얼굴을 찌푸렸다.

"음, 계속해야지. 삼촌도 방송국에 계시고 집에서도 다들 PD 하라고 난리니까. 수진아, 나 아직도 신문방송학과 안 썼다고 구박 받는다."

"정말? 요즘도?"

"응, 요즘도 똑같아. 나도 PD 되면 좋고, 하고 싶은 일이기도 한데…… 확신이 없어. 내가 정말 그 일을 하고 싶은 게 맞을까? 요즘은 워낙 돈 벌기 어렵다고들 하니까, 월급만 안정적으로 나오면 그게 최고 아닐까 싶기도 하고. 한수진 넌 그래도 좋겠다. 길이 딱 정해져 있잖아."

"내가? 에이 내가 무슨……."

가게 문소리가 수진의 말을 막아섰다.

"어서 오세요."

한나가 재빠르게 몸을 일으켜 손님을 맞았다. 그 손님이 신호탄이라도 된 듯 가게 안은 다시 손님들로 북적거렸고 두 사람의 오후가 그렇게 정신없이 지나가고 있었다.

매장이 겨우 잠잠해진 건 퇴근을 한 시간 남짓 남겨뒀을 때였다. 테이블 정리를 마친 수진과 한나는 약속이나 한 듯 동시에 의자에 걸터앉아 숨을 돌렸다.

수진은 한나에게 꼭 교수가 될 수 있다는 말을 듣고 싶었다. 교수가 되지 못한다는 말이 마음속 어딘가를 계속해서 갉아먹고 있는 것 같았다. 수진은 아까 끊어진 대화의 끝을 붙잡았다.

"아까 했던 말 있잖아."

"응?"

한나가 우스꽝스러운 표정을 지으며 대답했다.

"나 교수 될 수 있을까?"

수진이 한나의 눈을 보며 말했다.

"그게 무슨 말이야?"

진지한 수진의 태도에 한나도 우스꽝스러운 표정을 풀며 물었다.

"나 정말 교수 될 수 있을까? 유학 갈 수 있을까? 학위 받을 수 있을까?"

수진이 정리되지 않은 말을 쏟아냈다.

"왜 그래? 무슨 일 있어?"

처음 보는 수진의 모습에 한나는 살짝 당황한 것처럼 보였다.

"그냥. 내가 잘할 수 있을까, 요즘 의문이 들어. 교수는커녕 유학이라도 갈 수 있는 건가 싶고. 한 치 앞도 알 수 없다는 게 너무 답답해."

수진의 목적이 코앞이었다.

"요즘 유학 준비 하느라 많이 힘들지?"

한나가 차분하게 대답했다. 수진은 이어질 한나의 대답을 잠자코 기다렸다.

"수진아."

"응?"

"넌 꼭 교수가 될 거야, 걱정 마. 너처럼 이렇게 차근차근 준비해온 사람 없어. 무슨 일이 있어도 너는 독일 유학을 가고 학위도 받고 교수도 될 거야. 내가 보장해. 걱정할 필요 없어."

한나의 목소리에는 자신감이 가득 차 있었다.

"한나야, 정말이야?"

원하는 답변을 들은 수진은 진심으로 기뻐하며 되물었다.

"그럼, 진심이지. 내가 언제 거짓말하는 거 봤어? 넌 정말 잘해낼 거야. 지금까지 다 잘해왔잖아. 너무 걱정 마."

한나가 위로하듯 수진의 손등을 가볍게 두드렸다.

사실이든 아니든 불안감을 없애는 데 한나의 말은 확실히 도움이 됐다. 지금 이 순간 수진에게 한나는 비 오는 날 우산을 건네주는 은인 같았다.

"우리 수진이 요즘 유학 때문에 힘들구나? 언니가 토닥토닥해줄게."

한나가 장난스럽게 수진의 어깨를 툭툭 쳤다. 수진도 결국 너털웃음을 지었다. 걱정과 불안이 가신 건 아니었지만 그래도 한나의 말이 힘이 되었다.

"그래, 이제 진짜 걱정은 그만. 지금은 퇴근만 생각하자."

수진이 테이블에서 일어나며 말했다.

"좋지, 퇴근 좋지! 사랑해 퇴근!"

의자를 박차는 소리와 함께 한나의 우렁찬 목소리가 고요한 가게 안에 울려 퍼졌다.

1999.9.21.(화)

수진은 방에 앉아 시계만 올려다보고 있었다. 화요일 저녁 6시 55분, 이제 곧 지연의 전화가 올 시간이었다. 수진은 수화기를 뚫어져라 쳐다보며 큰 숨을 한 번 들이켰다 내쉬었다. 어느새 수진은 지연의 전화를 당연하다는 듯 기다리고 있었다.

따르릉—

전화는 정확히 7시에 울렸다. 수진은 다른 사람이 먼저 받을 세라 황급히 수화기를 들었다.

"여보세요?"

수진은 지연의 목소리를 기대하며 전화를 받았다.

"여보세요?"

수화기 너머에서 이제는 익숙한 여자의 목소리가 들려왔다. 지연이었다.

"엄마."

"오늘도 정말 전화했네."

"그럼, 약속했잖아. 엄마 목소리 그리웠어."

"정말? 정말 내가 그리웠어?"

수진이 높낮이 없는 투로 대답했다.

"응, 완전 그리웠어. 엄마 목소리는 언제 들어도 좋단 말이야."

지연이 상기된 목소리로 말했다.

"내가 정말 네 엄마야? 정말 미래에서 전화하는 거야?"

"그럼, 정말이지."

지연이 웃는 목소리로 대답했다.

"그럼 내 질문에 대답해봐."

수진은 곧바로 본론으로 들어갔다. 빨리 이 전화가 진짜인지 가짜인지 알아내야 했다. 빨리 지연의 허점을 간파하고, 자신이 교수가 되지 못한다는 말이 얼토당토않은 거짓말이라는 것을 증명해서 불안감으로부터 벗어나고 싶었다.

"뭔데?"

"정말 네가 미래에 있다면, 이번 주 복권 당첨 번호를 알려줄 수 있어? 아니면 내일 뉴스에 무슨 사건이 나오는지 알려줘도 괜찮아. 한번 말해봐."

질문을 마친 수진은 입술이 바짝 말라 마른 침을 삼켰다.

"엄마, 그런 건……."

"그런 건 뭐?"

지연의 말꼬리가 길게 늘어지자 수진이 재촉했다. 빨리 지연의 대답을 듣고 싶었다.

"그런 건 지금 말 못 해."

수진의 얼굴에 미소가 스쳐 지나갔다. 말할 수 없다는 건, 곧 이 전화가 가짜라는 것과 마찬가지인 셈이었다. 수진은 벌써부터 전화가 거짓이라는 걸 밝혀내기라도 한 듯 기뻤다.

"왜? 왜 말할 수 없어? 장난 전화니까 말할 수 없는 거야?"

수진이 조곤조곤하게 캐물었다.

"아니, 그런 게 아니라……."

지연의 목소리에서 당혹함이 느껴졌다.

"그러면 뭔데? 장난이 아니라면 뭔데?"

지연을 몰아붙이는 것에 은근한 쾌감까지 느껴졌다.

"그러니까…… 엄마에게 미래에 관한 이야기는 딱 두 번 해줄 수 있어. 기회가 많지 않아. 그래서 지금은 엄마가 묻는 것에 대답해줄 수가 없어."

지연은 수진을 설득하듯 빠르게 말을 이었다.

"그게 무슨…….."

지연의 변명에 수진은 할 말을 잃고 말았다. 이제 모든 걸 다 밝혀낼 일만 남았었는데 다시 원상 복귀였다. 손에 넣은 물고기가 마디 사이로 쑥 빠져나가는 느낌이었다.

"정말이야. 그리고 저번에 엄마가 교수가 되지 못한다는 대답으로 한 번을 썼어. 이제 기회가 한 번 남은 건데, 남은 한 번은 함부로 쓸 수 없어. 엄마에게 꼭 해줄 말이 있거든. 이 전화를 건 이유이기도 해."

"그게 무슨 말도 안 되는…… 나보고 지금 그 말을 믿으라고?"

수진의 언성이 높아졌다. 지연의 핑계에 화가 치밀어 올랐다. 이제 곧 지연의 전화가 거짓임을 밝혀내고 불안함에서 벗어날 수 있었는데 지연이 모든 걸 망친 것만 같은 느낌이 들었다. 이런 경우는 예상에 없었다.

"정말이야, 엄마. 엄마도 나중에는 꼭 알게 될 거야. 증명할 방법이 없는 건 맞지만, 지금은 그냥 내 말 한 번만 믿어줘. 제발."

수진은 지연의 말을 쉽게 믿을 수 없었지만 부탁하듯 매달리는 지연의 태도를 보자 또다시 머릿속이 혼란스러워졌다.

"······."

수진은 무슨 말을 해야 할지 알 수 없었다. 화도 나고 당황스럽기도 했다. 미래에서 온 전화라는 걸 증명할 수 없으니 현실적으로 이 전화는 장난 전화라고 치부해버리는 게 맞았다. 하지만 수화기 건너편에서 들려오는 간절한 목소리를 듣자니 생각처럼 단호하게 끊어낼 수가 없었다. 예상과 달리 지연이 대답을 회피하긴 했지만 무턱대고 지연이 거짓말을 하고 있다고는 생각이 들지 않았다.

"네가 아무리 그렇게 말한다고 해도······ 확인할 방법이 없는데 내가 그 말을 어떻게 믿겠어."

지연이 자신의 대답을 회피했다는 생각에 치밀었던 화는 어느새 무력감으로 바뀌어 있었다.

"나는 오늘 전화만 기다리고 있었어. 이 전화가 장난 전화인지 아닌지 확인하고 싶었거든. 오늘 전화가 끝나면 이제 더 이상 신경 쓰지 않아도 되겠구나 생각했는데······. 네 대답이 그러면······ 나는 어떻게 해야 되니."

수진의 목소리가 점점 가늘어졌다.

"엄마, 다 이해해. 이 상황이 갑작스럽고 혼란스러울 거야. 그래도 나는 엄마 목소리 듣고 엄마랑 이렇게 얘기할 수 있어서 좋아. 나를 믿고 안 믿고는 엄마 마음이지만, 그냥 나를 정말 엄마 딸이라고 생각해주면 안 될까?"

수진은 눈앞에 닥친 상황이 꿈인지 현실인지 아직도 믿기지 않을 뿐이었다.

"지연아."

한동안 이어진 침묵을 깬 건 수진이었다. 수진은 지연이 왜 이런 짓을 하는지 궁금했다. 장난이면 장난을 치는 이유가, 만에 하나 진실이라면 이렇게까지 해가며 자신에게 꼭 해주고 싶은 말이 무엇인지 궁금했다.

"응?"

"나한테 하고 싶은 말이 뭐야?"

"하고 싶은 말? 엄마 너무 보고 싶었다는 말, 꼭 해주고 싶었어."

"아니, 그거 말고. 미래에 대해 말할 수 있는 기회가 한 번 남았는데, 네가 나한테 전화한 이유를 말하기 위해 아껴야 한다고 했잖아."

"아…… 그건, 지금 말고 다음에. 다음에 전화하면 말해줄게."

또 회피였다. 이제 수진은 그러려니 하는 마음이었다. 예상가는 답변이었다.

"엄마, 엄마 대학생 때 어땠어? 엄만 항상 대학생 때가 인생에서 가장 푸르던 시절이라고 했는데, 진짜야? 젊었을 때의 엄마 이야기가 궁금해. 학교 다닐 때 좋았어?"

지연이 단번에 밝은 목소리를 하고 화제를 바꿨다. 몇 장의 빛바랜 사진과 함께 상상으로만 품어왔던 엄마의 과거를 묻는 영락없는 딸의 애틋한 목소리였다. 그 목소리에 끌려 수진도 어느새 자신의 활기찼던 대학교 시절을 떠올렸다.

"학교? 재밌었지. 공부도 실컷 하고, 친구들이랑 맛있는 것도 먹으러 다니고. 좋은 교수님도 만나고. 그리고 무엇보다 사랑하는 남자 친구도 만났고……."

"남자 친구?"

"응, 지금 남자 친구를 대학교 때 처음 만났거든. 지연아, 근데 네가 해주려는 얘기 지금 말해줄 순 없어? 꼭 다음에 말해야 하는 거야?"

수진은 마지막으로 한 번 더 물었다. 진심으로 궁금했다.

"응, 다음에. 다음에 꼭 말해줄게. 엄마에 대해 더 듣고 싶어. 지금은 무슨 일을 하고 있어?"

지연은 꽤 단호했다. 수진은 더 이상 묻지 않기로 마음을 먹었다. 더 물어도 같은 말만 반복되다 전화가 끝날 것 같았다.

"지금은 학교 졸업하고, 공부하면서 일도 하고 있어."

"일은 무슨 일 해?"

"아이스크림이 가게랑 과외 하고 있어."

"아이스크림 가게? 재밌겠다. 아이스크림 가게에서 일하는 건 어때?"

지연이 궁금하다는 듯 물어왔다.

"일이라는 게 다 힘들지, 뭐. 가끔 이상한 손님들이 오기도 하고, 하루 종일 아이스크림을 푸고 나면 퇴근할 때 손목이 얼마나 아픈데. 그래도 친한 친구랑 같이 일해서 재밌게 하고 있어."

"친구랑 같이 일하는구나. 얼마나 친한 친구야?"

"음, 아마 제일 친한 친구지. 아, 남자 친구 빼고."

혁건을 떠올리며 수진이 살짝 웃었다. 이제 전화를 하면서 편한 웃음이 나오기도 했다.

"아무튼 좋은 친구야. 내가 엄청 좋아하기도 하고. 성격도 나랑 잘 맞고 다정하고 재미있어."

"그 친구랑 정말 친한가 보다. 그 사람 얘기하니까 엄마 목소리가 엄청 신난 것 같아."

"그럼, 제일 친한 친군데."

"그래도 잘 지내고 있다니 좋다. 아, 벌써 전화 끊을 시간이네. 이번 주 목요일 저녁 일곱 시에 또 전화할게. 괜찮아?"

"이번 주 목요일이면…… 추석 연휴 시작이네. 괜찮아. 기다리고 있을게."

"응. 목요일 저녁 일곱 시, 잊지 마! 다시 전화할게."

수진은 어쩐지 조금은 편해진 마음으로 수화기를 내려놓았다. 혁건의 말대로 이 전화가 진짜든 아니든, 그냥 내가 진짜라고 믿는 게 가장 중요한 문제일지도 몰랐다.

그날 저녁 퇴근 시간에 맞춰 혁건에게 전화가 왔다. 혁건도 주말부터 궁금했는지 전화를 받자마자 지연의 전화에 대해 물었다.

수진이 결국 그 전화가 가짜인지 진짜인지 알아내지 못했다고 하자 혁건은 내심 놀라워했다. 혁건의 생각은 지난번과 똑같았다. 혁건은 수진이 지연의 전화를 정말이라고 믿었으면 하는 눈치였다.

수진은 지연의 전화가 진짜인지 아닌지와는 별개로 지연이 상당히 신경 쓰였다. 지연의 전화가 거짓인 듯하면서도 또 왠지 마음 한구석에서는 진짜 자신의 딸과 통화한 것 같은 헛헛함이 남아 있었다.

1999.9.22.(수)

"쌤, 왜 그렇게 뚫어지게 쳐다봐요?"

지은이 문제를 풀다 말고 고개를 들어 물었다.

"응?"

수진이 흠칫 놀라며 되물었다.

"오늘 하루 종일 너무 쳐다보시길래요. 얼굴에 뭐가 묻었나?"

지은이 손가락으로 제 얼굴 이곳저곳을 더듬었다.

수진은 문제를 풀고 있는 지은의 옆모습을 저도 모르게 뚫어져라 바라보고 있었다.

"제가 너무 예뻐 죽겠어요?"

지은이 실없는 웃음을 지으며 말했다.

"응, 언제 봐도 예쁘지."

수진이 지연의 머리를 가볍게 쓰다듬으며 말했다.

"네? 흠, 쌤 오늘 이상한데요?"

커다란 지은의 눈이 게슴츠레해지면서 고개가 갸우뚱거렸다.

수진은 문득 자신이 지은을 보며 자꾸 지연을 떠올리고 있다는 걸 깨달았다. 아마 2019년에서는 지은과 비슷한 또래쯤된 지연을.

"지은아, 부모님이 지은이 엄청 예뻐하시지?"

"뭐, 당연히…… 부모님이니까?"

지은이 다시 문제집에 고개를 파묻었다.

'부모님이니까……'

지연의 말대로라면 지연의 엄마는 바로 자신이었다. 20년후 미래에서 해줄 말이 있다며 전화를 걸어온 딸에게 수진은너무 매몰찼던 게 아닐까 곱씹어보았다. 지연도 지은처럼 그곳에서는 교복을 입고 놀러 다니기를 좋아하는 아직 어린 학생일 터였다. 수진은 점점 지연과 전화가 마음에 쓰이기 시작했다.

"너 같은 딸이 있으면 얼마나 좋을까, 지은아. 공부도 잘하고 성격도 좋고 얼굴도 예쁘고. 지은이 부모님은 정말 행복하실 거야.”

“쌤, 오늘 정말 왜 이러시는 거예요? 몸 둘 바를 모르겠네.”

수진은 다음 전화가 오면 지연이를 어떻게 대해야 할지 다시금 고민하기 시작했다.

“그럼 이만 가보겠습니다, 추석 잘 보내시고 명절 끝나고 뵐게요.”

수진이 현관문 앞까지 배웅을 나온 지은의 어머니를 향해 가볍게 고개를 숙였다.

“네, 선생님도 추석 잘 보내세요.”

지은의 어머니도 웃으며 함께 고개를 숙였다.

“아, 이거 잘 먹을게요, 어머니. 감사합니다. 지은이도 안녕.”

수진이 한 손에 든 갈비 세트를 들어 보이며 말했다. 지은의 집에서 준비한 명절 선물이었다.

“안녕히 가세요.”

이제 내일부터 추석 연휴의 시작이었다. 수진은 연휴를 앞두고 들떠 있었다. 연휴 때는 아르바이트도 과외도 없었다. 수진은 연휴 동안 맛있는 음식을 먹으며 푹 쉴 예정이었다. 오래 못 만났던 친척들도 보고 혁건과도 오랜만에 길게 볼 생각이었다. 수진은 누구보다 추석이 기다려졌다.

1999.9.23.(목)

수진은 연휴의 시작을 고소한 기름 냄새와 함께 맞이했다. 수진의 아버지가 장남이었기 때문에 명절이면 일가친척들이 모두 수진의 집으로 모였다.

점심을 기점으로 하나둘 친척들이 모여들기 시작하면서 오전 내내 준비했던 음식들이 금세 동이 났다. 수진은 음식준비에 손님맞이까지 하느라 한시도 쉴 틈이 없었다.

수진이 겨우 숨을 돌렸을 땐 저녁 식사가 끝나갈 무렵이었다. 수진은 기껏 만들어 놓은 음식을 놔두고 과일만 연거푸 집어 먹었다. 기름진 음식들은 보기만 해도 속이 느끼해졌다. 기름 냄새가 아직도 코에서 진동하는 것 같았다.

수진이 기다리고 있는 건 따로 있었다. 저녁 7시, 지연이 전화를 하기로 한 날이었다.

수진은 지연과의 마지막 전화 이후 계속 지연의 전화를 기다리고 있었다. 바쁘게 명절을 지내느라 잠시 잊고 있다가 조금 여유가 생기자 다시 지연과의 전화가 신경 쓰이기 시작했다. 수진은 초조한 마음으로 계속 시계를 올려다보았다.

저녁상을 물리고 술판이 벌어졌다. 불콰하게 취기가 오른 어른들은 쌓여가는 술병만큼 즐거워 보였고 어린 동생들은 작은 방에서 저들끼리 노느라 정신이 없었다. 수진은 그 틈에 조심스럽게 거실 전화기를 들고 방으로 들어갔다.

소리 나지 않게 방문을 닫고 침대에 앉자마자 벨소리가 울렸다. 지연은 천천히 숨을 고르고 네 번째 벨소리가 울렸을 때 조심스럽게 수화기를 귀에 가져다 댔다.

"여보세요?"

수진이 입에 남아 있던 사과를 씹어 삼키며 말했다.

"여보세요? 엄마?"

기다리던 지연의 목소리가 들렸다.

"지연이구나."

수진은 지연의 전화가 다시 걸려와서 기분이 좋았다. 장난이든 아니든 아무것도 정해진 것 없이 이대로 전화가 끝나기엔 너무나 아쉬웠다.

"응, 전화 받아서 다행이다. 뭐 하고 있었어?"

지연이 밝은 목소리로 말했다.

"추석이라 친척들이 다 집으로 오셔서, 하루 종일 음식 만들다가 이제 숨 좀 돌렸어. 거긴 어때?"

"여긴 저번 주에 추석 끝나서 오늘은 그냥 목요일이야. 맛있는 거 많이 먹었어?"

"맛있는 건 무슨…… 하루 종일 음식을 만들었더니 보기도 싫더라. 과일만 먹었어."

수진은 지연과 일상을 주고받는 게 어느덧 자연스러워진 것 같아 마음이 이상했다. 사실 지연의 말이 진짜인지 아닌지는 정말 중요한 게 아닐지도 몰랐다.

"엄마, 나 믿어?"

지연의 목소리가 진지해졌다.

"믿냐고? 음…… 사실 얼마 전에 남자 친구에게 네 얘기를 했었어. 남자 친구는 믿어도 나쁠 거 없지 않겠냐고 했는데, 그래도 사실 잘 모르겠어. 지난번 통화에서 이게 정말인지 아닌지 알아낼 수 있을 거라 생각했는데…… 다시 원점으로 돌아간 기분이야."

두 사람 사이에 잠시 침묵이 흘렀다.

"엄마, 연휴 때 남자 친구 만날 거야?"

지연이 대뜸 질문을 던졌다.

"별일 없으면. 아마 토요일쯤 만나지 않을까?"

"남자 친구 이름, 김혁건이지?"

"그걸 네가 어떻게 알아?"

지연의 입에서 혁건의 이름이 나오자 수진의 목소리가 높아졌다.

수진은 놀라긴 했지만 이내 머리가 빠르게 돌아갔다. 남자 친구가 누군지는 수진에게 조금만 관심이 있다면 금방 알아낼 수 있는 일이었다.

"아니다, 남자 친구 이름쯤이야 누구나 알려면 알 수 있지."

수진의 목소리가 다시 차분해졌다.

"엄마, 그 사람 만나지 마."

지연이 웃음기 사라진 목소리로 말했다.

"응? 그게 무슨……."

조금 전까지 엷은 미소를 짓고 있던 수진의 얼굴도 같이 굳어졌다.

"지금 남자 친구, 김혁건. 만나지 마."

"……."

수진의 머릿속이 기계 전원을 내린 것처럼 순식간에 멈췄다. 뒤통수부터 소름이 타고 올라왔다. 수진은 할 말을 찾지 못해 눈만 껌벅거렸다.

"지난번 통화에서 내가 했던 말 기억나? 꼭 전해야 되는 말이 있다고, 그것 때문에 전화했다고 한 거. 그게 바로 이거야. 제발 김혁건 그 사람 만나지 마. 헤어져, 제발……."

지연은 아랑곳하지 않고 말을 이었다.

"그, 그게 무슨 말이야?"

당장 지연에게 따져 묻고 싶었지만 목소리가 제멋대로 떨려 나왔다.

"김혁건, 그러니까 아빠랑 만나지 말라고! 아빠랑 헤어져 제발. 엄마, 아빠랑 결혼하면 절대 안 돼. 아빠랑 결혼하면 엄마 인생 끝장이야. 이 모든 불행의 시초가 김혁건 그 사람이야. 제발 헤어져."

한번 터뜨린 이야기는 막힘 없이 터져 나왔다. 지연은 거의 울부짖듯 수진에게 소리치고 있었다.

"장난 그만해. 이건 도가 지나치다."

수진은 단호히 말하려 했지만 목소리는 좀처럼 진정이 되지 않았다.

혁건과 헤어지라니. 지난번 교수가 되지 못한다는 말만큼이나 충격적이었다. 거기다 혁건과 결혼하면 끝장이라는 말이 수진의 현재와 미래를 모두 부정하는 것처럼 느껴졌다. 머리가 참을 수 없이 지끈거렸다. 지연의 의도가 무엇이었던 간에 지금의 충격이 이전보다 훨씬 컸다.

수진은 그대로 몸을 뒤로 던졌다. 푹신한 침대가 등 뒤로 느껴졌지만 수진의 머릿속은 엉망이었다. 눅진한 기름 냄새가 올라와 속이 매슥거렸다.

"엄마, 나 지금 장난하는 거 아니야. 내 말 아직도 못 믿겠어? 이제 나도 엄마가 믿든 말든 상관 안 해. 나는 내가 하려던 말만 하면 되니까. 지금부터 내 말 잘 들어. 엄마는 아빠, 그러니까 김혁건이랑 결혼을 하게 돼. 엄마가 독일에 가기로 예정되어 있는 내년에. 엄마는 아빠랑 결혼하고 자연스럽게 독일 유학을 포기해. 엄마가 가지고 있던 꿈들까지 모두. 그냥 그렇게 결혼하고 나랑 동생 두현이를 낳고 한평생 그렇게 사는 거야.

교수가 아닌 누군가의 아내로, 누군가의 엄마로."

"그게 무슨……."

지연은 수진을 무시한 채 말을 이어갔다.

"그리고 김혁건은 결혼 후 난폭한 괴물처럼 변해. 지금은 아마 엄마한테 자상하고 좋은 사람이겠지. 결혼 후엔 늘 술을 입에 달고 살고 취해 있고…… 그럴 때면 항상 집 안을 난장판으로 만들거나 엄마를 때려. 그 옆에 있던 어린 두현이와 나까지. 술 마시고 큰 실수를 하는 바람에 회사에서도 잘리고, 그 후에 시작한 사업도 완전히 망해서 전 재산을 날릴 거야. 나는 그때를 생각하면 아직도 너무 두렵고 지긋지긋해."

"그만해!"

날카로운 수진의 목소리도 지연의 입을 막을 수 없었다.

"엄마는 그럴 때마다 바보같이 아빠를 용서했어. 술 때문에 회사까지 잘린 사람을 바보같이 용서한다고. 아빠는 회사에서 잘리고 주변 사람의 말에 홀려 사업을 시작해. 사업이 잘 안 풀려서 더 예민해지고 화가 많아졌는데 엄마는 그 모든 것까지 참았어. 그때 엄마가 아빠랑 헤어졌어야 하는데……. 아빠의 폭력과 고함은 그냥 우리에겐 일상이었어. 가족끼리 마주 보고 제대로 된 밥 한 끼 먹어본 기억이 없어 나는. 그러니까 엄마, 지금 늦지 않았으니까 빨리 그 사람이랑 헤어져. 그리고 원하던 유학도 가고 교수도 되고 그렇게 하고 싶은 거 하면서 살

아. 난 괜찮으니까…….”

지연은 끝내 울음을 터뜨렸다.

“너, 너 지금 무슨…….”

수진은 뭐라 말이 나오지 않았다. 미동도 할 수 없었다. 갈 곳을 잃은 눈동자만 허공을 헤매고 있었다. 지연의 말은 너무나 구체적이었다. 그래서 그 충격이 지난번보다 배가 되었다.

수진은 지연의 입에서 혁건의 이야기가 나올 줄은 생각도 못 했다. 그저 오늘은 전화의 진실 여부를 밝혀낼 거란 생각만 하고 있었던 수진에게 혁건에 대한 이야기는 너무나 충격적이고 뜻밖이었다.

“지금부터 아빠를 잘 확인해봐. 아무리 감추려고 해도 감출 수 없는 모습이 있을 테니까……. 그리고 엄마, 아빠랑 꼭 헤어져. 부탁이야.”

수진은 마지막까지 할 말을 찾지 못하고 입술만 달싹댔다.

“벌써 시간이 이렇게 됐네. 엄마, 다음에 또 전화할게. 월요일 저녁 일곱 시, 잊지 말고 꼭 전화 받아야 돼.”

지연은 울음 섞인 목소리를 뒤로한 채 사라졌다.

수화기 너머에서 뚜―뚜―거리는 신호음만 들려왔다. 지연과의 네 번째 전화가 끝이 났다.

수진이 충격 속에 혼란스러워하는 와중에도 추석 연휴는 소란스럽게 지나고 있었다. 음식 준비를 하고 친척들과 시간을 보낼 때면 잠깐 잊혀졌지만 잠시 숨을 고를 때면 어김없이 지연의 이야기가 수진의 머릿속에 떠올랐다. 일종의 방어기제가 작동한 듯 수진은 지연의 이야기를 그저 못된 장난으로 치부해버리고만 싶었다. 할 수만 있다면 그냥 그렇게 장난으로 단정 지어버리고 더 이상 신경 쓰고 싶지 않았다.

차례가 끝나고 친척들이 모두 돌아간 후 집은 한적해졌다. 연휴가 너무나도 길게 느껴졌다. 조금이라도 여유가 있을 때면 지연의 말이 생각났다. 그냥 다 덮어두고 없던 일로 해버릴 수도 있었지만, 충격이 클수록 수진은 냉철해지고 싶었다. 장난 전화로 단정 짓고 무시하고도 싶었지만 한편으론 확실히 하고 싶은 마음도 있었다.

머릿속이 복잡해질 때마다 수진은 방에 들어가 차분히 머릿속을 정리했다. 장난이든 아니든 지연의 말은 더 이상 그냥 넘길 수 있는 것이 아니었다. 수진은 지연의 말을 계속해서 곱씹어보았다.

지연의 요구는 간단했다. 지연은 수진이 혁건과 헤어지기를 바랐다. 이유도 간단했다. 혁건을 계속 만난다면 수진의 꿈은 박살이 난다. 지연의 말에 따르면 미래의 혁건은 지연이 알던 사람이 아니었다. 술에 취해 살고 가정폭력을 일삼으며 경제적으로 무능했다. 착하고 다정한 지금의 혁건과는 완전 다른 사람이었다.

근본적인 문제는 지연의 말을 믿을 것인가 믿지 않을 것인 가였다.

지연의 말이 진실이라면 당장 혁건과 헤어져야 했다. 꿈을 포기한 채 평생을 어둠 속에서 살 순 없는 노릇이었다. 가장 끔찍한 결과였다. 최악의 수였다.

지연의 말이 거짓이라면 이젠 장난을 더는 받아줄 수 없는 수준이었다. 누군지는 모르겠지만 이미 장난은 선을 넘은 지 오래였다. 그저 이 모든 것이 장난에 불과하다면 이젠 전화를 피하는 수밖에 방법이 없었다.

문제는 지연의 말이 진실인지 거짓인지 판단할 기준이 없다는 것이었다. 지연의 말이 진실인지 알려면 결국 미래가 되길 기다리는 수밖에 없었다. 지연의 말을 믿고 안 믿고는 오롯이 수진의 몫이었다. 한 치 앞도 알 수 없는 도박과도 같았다.

수진은 혁건과의 통화에서도 지연의 얘기에 대해 꺼내지 않았다. 혁건의 목소리는 변함이 없었다. 통화 말미에 수진은 혁건과 토요일에 만나기로 약속을 확정했다. 수진은 지연에 대한 결정을 잠시 미루기로 했다. 시간은 아직 남아 있었다.

충격이 가신 건 아니지만, 뚜렷한 방법이 없는 지금 수진은 그저 혁건과 남은 연휴를 잘 보낼 수 있기만 바랄 뿐이었다.

1999.9.25.(토)

혁건의 차는 뻥 뚫린 도심을 시원하게 달리고 있었다. 명절답게 도로에는 차가 거의 없었다. 항상 막히던 곳을 정체 없이 달리고 있으니 묘한 이질감마저 느껴졌다.

"오빠, 드디어 핑클 노래 마음껏 들을 수 있겠네."

수진이 가방에서 카세트테이프를 꺼냈다. 카오디오에 집어넣고 재생 버튼을 누르자 핑클의 '영원한 사랑'이 차 안에 울려 퍼졌다.

"역시, 차에서 들으니까 확실히 좋네."

수진이 등받이에 몸을 기대며 말했다.

"맞아, 고마워. 수진이 네가 선물해준 거라 노래가 더 좋은 것 같아."

혁건이 노래에 맞춰 고개를 가볍게 좌우로 흔들었다.

핑클 카세트테이프는 수진이 준비한 깜짝 선물이었다. 혁건이 핑클 노래가 좋다고 지나가며 말한 걸 수진은 기억하고 있었다. 노래만큼이나 두 사람의 얼굴에 흥겨움이 가득했다. 두 사람은 텅 빈 도로를 달려 영화관으로 향했다. 지난번에 못 본 '식스센스'를 보기로 한 날이었다.

영화관은 명절답게 가족 단위의 사람들로 북적이고 있었다. 모두 포스터를 손에 쥐고 설레는 얼굴을 하고 있었다.

수진과 혁건은 영화를 예매하기 위해 줄을 섰다. 고소한 팝콘 냄새가 솔솔 풍겨왔다.

"사람들이 많네, 그치?"

수진이 혁건의 팔짱을 끼며 말했다.

"그러네. 다들 연휴라서 영화 보러 왔나 봐."

"기대된다. 이거 재밌다고 그랬지?"

"응, 미국에서 지금 제일 유명한 영화래. 보고 나면 깜짝 놀랄 거라던데, 대체 어느 정도길래 그러지?"

혁건이 한껏 기대에 찬 표정으로 매표소 위에 걸린 영화 포스터를 올려다봤다.

예매 대기 줄은 빠르게 줄어들었다. 하지만 문제는 혁건과 수진 바로 앞에 있던 커플이었다. 두 사람은 벌써 몇 분째 매표소 직원과 실랑이를 벌이고 있었다.

"아니, 아까 선택한 자리를 달라구요."

두 사람 중 남자가 매표소 직원에게 소리쳤다.

"죄송합니다, 손님. 그 자리는 이미 예매가 완료되었습니다."

매표소 직원이 최대한 정중한 표정으로 말했다.

"우리가 예매할 땐 그 자리 있다고 했잖아요."

옆에 있던 여자가 끼어들었다.

"손님께서 보실 때까진 있었는데 직후 바로 예매가 완료되었습니다. 죄송합니다."

직원이 공손하게 안내했다.

"무슨 일 생겼나 봐."

수진이 속삭였다.

"자리가 잘못된 것 같은데……."

상황을 지켜보던 혁건의 표정이 점점 굳어졌다.

담당 매니저까지 내려와 아무리 설득해도 두 사람은 좀처럼 고집을 꺾을 줄 몰랐다. 수진의 뒤로 줄이 점점 길어졌다. 커플은 막무가내였다. 벌써 시간이 꽤 흐른 뒤였다.

"이러다 매진되겠는데……."

"어쩌지, 다른 쪽 가서 줄 설까?"

수진이 팔짱을 풀며 물었다.

"……."

혁건은 굳은 표정을 한 채 말이 없었다.

수진은 내린 손을 혁건의 손으로 가져갔다. 꽉 움켜쥔 혁건의 주먹은 수진의 손길에도 풀리지 않았다.

"후……."

혁건의 입에서 나지막한 한숨이 뿜어져 나왔다.

수진은 풀리지 않는 혁건의 주먹을 감싸 쥐었다. 혁건의 주먹은 팽팽했다. 수진은 불안감에 혁건의 주먹을 꼭 쥐었다. 미세한 떨림이 느껴졌다.

앞에 있던 커플은 결국 매장 책임자까지 내려와 사과한 끝에

야 다른 자리를 예매하고 떠났다.

혁건과 수진은 황급히 앞으로 줄을 당겼다.

"식스센스 한 시 십 분 영화 두 장이요."

혁건이 빠른 말투로 외쳤다.

"죄송합니다, 손님. 해당 영화는 방금 매진되었습니다."

직원이 모니터를 확인한 후 안내했다.

"뭐라구요?"

혁건이 신경질적인 목소리로 되물었다.

수진은 그런 혁건의 목소리에 깜짝 놀랐다. 평소 좀처럼 감정을 내비치지 않던 혁건이었다. 수진은 놀란 표정으로 혁건을 바라보았다. 지연의 말이 번뜩 떠올랐다.

"죄송합니다, 손님. 해당 영화는 매진되었습니다."

매표소 직원은 혁건에게 다시 한번 안내했다. 연달아 언성을 높이는 손님들을 상대한 탓인지 직원의 목소리가 미세하게 떨렸다.

"……."

혁건은 무서운 표정으로 직원을 노려보았다.

"아, 저기 그럼 다음으로 제일 빠른 시간은 언제인가요?"

잠시 눈치를 보던 수진이 두 사람 사이에 끼어들었다. 수진은 빨리 예매를 끝내고 싶었다. 시간 따위는 크게 중요하지 않았다.

"삼십 분 뒤, 한 시 사십 분 영화 있습니다."

"이걸로 할까?"

수진이 혁건을 보며 물었다. 혁건이 아무 말 없이 지나가주
길 바랐다.

혁건은 말없이 겨우 고개를 끄덕였다.

"자리는 어디로 하시겠어요?"

남은 자리는 별로 없었다. 심지어 그마저도 스크린 바로 앞
비인기 좌석이었다.

"……."

두 사람은 말없이 남은 좌석을 바라보았다. 선택하기에도,
그렇다고 선택 안 하기에도 애매한 상황이었다. 수진은 내심
자리가 안 좋아도 보고 싶었지만 혁건 때문에 선뜻 나서지 못
하고 있었다. 무표정한 혁건의 표정은 여전히 풀리지 않고 있
었다.

"어떻게 할까?"

수진이 조심스레 물었다.

"여기, 10, 11번 자리 어때?"

혁건이 숨을 크게 들이마신 뒤 겨우 말했다.

"좋아!"

수진이 안도하는 마음으로 외쳤다. 예매가 끝이 보였다.

두 사람은 영화표를 손에 쥐고 팝콘을 주문하기 위해 줄을

섰다. 영화 시작까진 아직 시간이 넉넉하게 남아 있었다. 두 사람은 영화관에 올 때마다 꼭 팝콘을 샀다. 영화관 팝콘은 다른 곳에서는 맛볼 수 없는 그 특유의 맛이 있었다. 고소한 팝콘 냄새에 코가 즐거워졌다.

"오빠 혹시 화났어?"

수진이 조심스레 물었다.

평소 좀처럼 혁건이 화내는 걸 보지 못한 데다가 지연이 한 말까지 겹치자 수진은 괜히 마음이 심란해졌다.

"아냐, 화는 무슨."

혁건이 알 수 없는 표정으로 얼버무렸다.

"화 풀어, 오빠. 내가 팝콘 살게."

수진이 애교 섞인 목소리로 말했다.

"화 안 났어."

혁건이 피식 웃음을 보이며 말했다.

이번엔 별일 없이 두 사람 차례까지 왔다. 수진은 팝콘과 버터오징어를 같이 주문했다. 수진은 버터오징어를 별로 좋아하지 않았지만 혁건은 영화관에 오면 꼭 버터오징어를 먹을 정도로 좋아했다.

혁건은 그런 수진을 보며 말없이 웃어 보였다. 수진은 계산을 하기 위해 혁건의 주먹을 감싸던 손을 폈다. 그제서야 혁건의 손도 스르르 풀어졌다.

두 사람은 오랜만에 하루 종일 데이트를 즐겼다. 영화는 재밌었고 식사는 맛있었다. 교통체증도 없었고 데이트를 방해하는 갑작스러운 회사의 호출도 없었다. 모든 것이 만족스러운 하루였다.

집으로 돌아온 후 수진은 바로 씻고 침대에 누웠다. 침대에 누운 수진은 자연스레 오늘 하루를 되돌아보았다.

혁건에게 카세트테이프를 선물한 것, 영화를 예매한 것, 팝콘을 산 것, 영화를 본 것, 밥을 먹은 것 하나하나 차례대로 머릿속에 떠올랐다. 혁건은 영화를 극찬했다. 연신 흥미롭다는 표정으로 무슨 장면이 어떻게 재밌었는지 구체적으로 말했다. 아주 마음에 드는 눈치였다. 수진도 혁건의 의견에 공감하며 즐겁게 맞장구를 쳤다.

이야기 중간중간 혁건은 회사 여자 동료인 정 대리를 언급했다. 식스센스에 대한 얘기를 하다가도 정 대리가 이 영화를 볼 때 특히 어떤 장면을 주의 깊게 보라고 했다느니 영화에 조예가 깊다느니 하며 자꾸 정 대리를 들먹였다. 영화에 있어서 정 대리가 마치 바이블이라도 되는 것처럼 굴었다.

영화뿐만 아니라 정 대리 이야기를 할 때면 혁건의 눈은 항상 반짝였다. 마치 선망의 대상인 것 같이 행동했다. 수진은 예전부터 정 대리를 언급하는 혁건이 썩 마음에 들지 않았다. 오늘도 불필요하게 정 대리를 많이 언급하는 혁건이 마음에 들지 않았지만 티를 내지 않았다. 괜히 감정 상하기 싫었다. 그리고 이런 불만을 내비치는 게 자칫 쪼잔한 사람처럼 보일 수도 있을 것 같아 쉽사리 말을 꺼내기가 어려웠다. 오늘은 혁건과 좋은 시간만 보내고 싶었다.

생각이 꼬리에 꼬리를 물다 보니 자연스레 지연 생각도 떠올랐다. 수진은 다음 전화 때까지 그냥 지연에 대해 잊어버리고 싶었지만 쉽게 그럴 수가 없었다. 사실 쉽게 잊히면 그게 더 이상한 일이었다. 지연의 말이 다시 떠올랐다.

지금까지 알아온 혁건은 지연이 말한 그런 사람이 아니었다. 한없이 다정하고 자상한 사람이었다. 하지만 지연의 말을 애써 부정하려 하자 오늘 혁건의 행동이 수진의 머릿속에 번뜩 꽂혔다.

수진과 혁건도 여느 커플과 마찬가지로 다툼도 있었고 화해도 있었다. 커플이라면 흔히 겪는 다툼이었지만 지연의 말을 들은 후 다시 생각해보니 안 좋은 기억만 떠올랐다. 심지어 왠지 혁건의 언성이 지나치게 높았던 것 같은 느낌도 들었다. 무의식중에 손을 들었다 내렸던 것 같기도 했다. 진짜로 그랬었는지 지연의 말 때문에 그런 건진 모르겠지만 그런 느낌이 들었다.

오늘 일도 마찬가지였다. 시간이 촉박한 상황에서 영화 예매에 문제가 생겼으니 화가 날 수는 있었다. 하지만 수진은 혁건의 떨리던 주먹과 직원을 내려다보던 표정을 잊을 수가 없었다. 냉랭했던 그때의 공기, 굳어져 있던 혁건의 얼굴, 떨리던 손이 다시금 떠올랐다.

지연의 말을 신경 쓰고 싶지 않았지만 자꾸만 지연의 말이 겹쳐졌다. 집으로 돌아올 때에도 그랬다. 혁건은 평소 과속을 하거나 거칠게 운전하는 법이 없었다. 하지만 오늘은 달랐다. 앞에 가는 차가 조금 느리다고 느껴지자 거칠게 클락션을 울렸다. 심지어 속도를 내 추월까지 하였다. 혁건은 평소 끼어드는 차량에도 곧잘 양보를 해주던 사람이었다. 이뿐만이 아니었다. 옆 차가 앞으로 끼어들자 혁건은 나지막이 욕설까지 내뱉은 것 같았다. 소리가 작아 정확히 듣지는 못했지만 얼핏 들려오는 소리가 욕설 같았다.

혁건의 갑작스러운 모습에 수진은 말없이 안전벨트만 움켜쥐었다. 수진은 혹시나 하는 기분이 들었지만 아무런 티를 내지 않았다. 다행히도 그 후 집으로 돌아오는 길엔 별다른 문제가 없었다.

지연의 말처럼 숨기기 어려운 진짜 모습들이 불쑥 튀어나온 건가 싶은 생각까지 들었다. 지연이 아니었다면 아마 알아차리지 못했을 수도 있었다.

수진은 몸을 뒤척였다. 할 수만 있다면 지연에게 전화를 걸고 싶었다. 아니 지연을 만나고 싶었다. 지연을 보고 싶었다. 속 시원하게 이야기하고 지연이 해준 그 이야기들의 진실을 밝혀내고 싶었다. 그러나 수진이 할 수 있는 건 그저 지연의 전화를 기다리는 것밖에 없었다.

1999.9.26.(일)

수진과 친구들은 한바탕 흥이 올라 있었다. 달콤했던 연휴의 마지막을 아쉬워하는 듯 술집에는 수진처럼 시간 가는 줄 모르고 술잔을 쌓아 올리는 사람들로 가득했다. 사람들의 왁자한 소음과 술잔끼리 부딪히는 경쾌한 소리, 듣는 사람은 아무도 없지만 열심히 울리는 텔레비전 소리로 가게 안은 소란스러웠다.

맥주잔을 사이에 둔 채 수진은 대학 친구들과 대화를 나누고 있었다. 한나를 제외하곤 다들 오랜만에 만나는 친구들이었다. 근황 이야기에 어느새 맥주잔이 여러 잔 비워져 있었다. 학교 다닐 땐 매일같이 몰려다니던 친구들이었는데 졸업한 지 얼마나 되었다고 벌써 다 같이 모이기가 어려워지고 있었다.

수진도 내심 친구들이 보고 싶었던 차에 사교성 좋은 한나가 친구들과의 술자리를 만들었다. 비록 모두 모이진 못했지만 간만에 보는 친구들 덕분에 맥주는 마실수록 달콤했다.

"수진아, 너 유학 준비는 잘 하고 있어?"

준수가 맥주잔을 내려놓으며 말했다.

준수는 나라가 망해간다는 이 IMF 시기에 탄탄한 대기업에 입사한 친구였다. 졸업에 취업까지, 하루하루가 짙은 안개 속에 있는 듯한 친구들에게는 부러움이자 자랑의 대상이었다.

"안 그래도 그것 때문에 요즘 걱정이야."

수진이 쓸쓸한 얼굴로 맥주를 들이켰다.

"왜? 잘 안돼가?"

현지가 소시지를 집으며 말했다.

한나와 수진에 현지까지 더해 세 사람은 대학 시절 가장 친하게 붙어 다녔다. 현지는 졸업을 가장 먼저 했지만 아직까지 직장을 구하지 못해 한나와 수진과의 만남도 뜸해지고 있던 참이었다.

"아니 그런 건 아닌데…… 준비할 건 많은데 혼자 하려니까 버겁기도 하고 그래서 그래."

수진이 맥주잔을 조심스럽게 내려놓으며 말했다.

"수진아, 네가 유학 못 가면 누가 간다고 그래. 걱정하지 마. 네가 잘될 거라는 거 여기 있는 애들도 다 알아. 안 그래 다들?"

한나가 테이블을 한번 둘러보며 호쾌하게 말했다.

"아, 그래! 학교 다닐 때부터 다들 그랬잖아. 너 아니면 누가 교수 하냐고."

준수가 맞장구를 치며 크게 웃었다.

"그래, 넌 딱 길이 정해졌잖아. 하고 싶은 것도 찾았고…….
난 아직 뭘 하고 싶은지, 뭘 해야 하는지 모르겠다."

승민이 쓴 웃음을 지었다.

"우리 수진이 그렇게 걱정됐어요?"

한나가 수진의 뒤통수를 장난스레 쓰다듬었다.

"아 진짜……."

수진은 가볍게 역정을 냈지만, 당연하다는 듯 자신이 잘될
거라고 얘기해주는 한나가 진심으로 고마웠다.

"쟤네 둘은 대체 어떻게 친한 거야? 신기하네."

승민이 웃으며 말했다.

"나, 진짜로 신기한 일 생겼어."

수진이 눈을 동그랗게 뜬 채 말했다. 저도 모르게 튀어나온
말이었다.

"뭔데? 지금 구직시장보다 신기한 게 있단 말이야?"

맥주를 마시던 현지가 한탄하듯 내뱉었다.

"무슨 일인데?"

준수와 승민도 관심을 보였다.

"그러니까, 그게……."

수진은 말을 시작했지만 무슨 얘기부터 꺼내야 할지 고민
했다.

"그게, 아무리 생각해도…… 세기말인가 봐."

테이블에 턱을 괴고 수진의 말을 듣던 친구들은 그게 무슨 엉뚱한 소리냐는 표정들을 했다.

"응? 그게 무슨 소리야. 미스터리 같은 거? UFO라도 봤어?"

예상대로 승민이 가장 큰 흥미를 보였다. 승민은 대학 때부터 엉뚱한 구석이 있었는데 특히 외계인이나 종말 같은 미스터리에 관심이 많아 친구들을 귀찮게 하곤 했다.

"그게…… 얼마 전부터 나한테 전화가 걸려와. 20년 후 미래에서. 그러니까, 전화를 건 사람은 2019년에 살고 있는 사람인 거지."

수진은 말을 마친 후 조심스럽게 친구들을 살폈다. 친구들은 모두 할 말을 잃었다는 표정이었다.

풉, 콜록 콜록.

준수가 기침으로 정적을 깨트렸다.

"아이고, 수진아……."

한나가 안타깝다는 눈빛으로 수진에게 맥주를 따라주었다.

"아니야, 미래와의 교신은 미스터리 전문가들 사이에서도 꽤 자주 다루는 현상이야. 자세히 한번 말해봐."

승민이 맥주를 홀짝이며 말했다. 승민 덕분에 수진은 용기를 내 다음 말을 이었다.

"처음 전화가 걸려온 건…… 이 주쯤 전이었어. 대뜸 전화해서는 자기가 20년 후 미래에서 나한테 전화를 걸었다는 거야."

"그래서?"

승민의 눈이 반짝였다.

"그러고는 막 엄청 좋아하는 거야. 드디어 나랑 통화할 수 있게 되었다, 내 목소리 들어서 너무 좋다, 그러면서. 난 그냥 장난인 줄 알고 대충 받아줬지. 그런 얘기 말고 별소리는 안 하더라고. 그래서 대충 나도 받아주다가 끊으려 했는데, 자기가 또 전화를 하겠다는 거야."

"또?"

이번엔 한나가 관심을 보이며 말했다.

"응. 날짜랑 시간까지 구체적으로 정해서. 긴가민가하고 있었는데 정말 정해진 그날 그 시간에 전화가 온 거야. 미래에서."

"그래서 뭐래?"

준수가 미소 띤 얼굴로 말했다. 준수는 여전히 수진의 말을 믿지 못하는 투였다.

"또 비슷한 이야기 했지. 정말 미래에서 전화한 게 맞냐고 물으니까 정말 맞으니까 믿어달라고 하더라고. 그래서 그 말이 정말이라면, 어떻게 미래에서 과거로 전화를 했냐 물어봤어."

"그래, 이게 포인트지."

승민이 끼어들었다.

"그랬더니……."

"……."

친구들의 동공이 한꺼번에 수진을 향하고 있었다. 미래에서 과거로 전화한 방법이 궁금하긴 한 모양이었다.

"그냥, 꿈에 내가 나왔대. 자기가 너무 간절하게 기도를 해서 꿈에 내가 나와서 미래의 전화번호를 알려줬다고 하더라고."

수진은 말을 마친 후 대수롭지 않게 맥주를 한 모금 마셨다.

"아……."

황당한 소리에 또 침묵이 찾아왔다.

"꿈이라…… 고전적인 방법이네."

승민이 진지한 표정으로 읊조렸다.

"야, 넌 뭘 그렇게 진지하게 생각해. 그럼 요즘에는 어떤 방법으로 하는데?"

준수가 웃음을 터트리며 말했다.

"요즘 트렌드는 '차원의 균열'이야. 새천년을 맞아서 차원의 균열이 생기는 거지, 그러면서 시공간이 뒤틀리고 미래와 시간적으로 연결이 된다면 전화도 가능하게 되는 거지. 만약에 그랬다면 믿는 시늉이라도 했을 텐데, 꿈은 너무 고전적이야."

승민이 진지하게 열변을 토했다.

"하하, 야 넌 뭘 그렇게까지. 우리 수진이 다음 얘기는 더 없어?"

한나가 웃으며 주제를 다시 수진에게로 돌렸다.

"전화를 할 수 있는 횟수가 정해져 있대. 그래서 또 다음에 언제 전화할지 구체적인 시간을 말하는 거야. 슬슬 장난이 도가 지나치다고 생각해서, 이 전화가 진짜 미래에서 온 전화인지 알아내려고 한 가지 시험을 했어."

"오, 어떤 거?"

반응의 대다수는 승민이었다.

"간단하지. 진짜 미래를 알고 있다면, 이번 주 복권 번호나 야구 경기 결과, 하다못해 내일 어떤 뉴스가 보도되는지 말해보라고 했지."

"그렇게 쉽게 미래 이야기를 누설해서는 안 될 텐데……."

승민이 중얼거렸다.

"그런데 뭐라고 했는지 알아?"

"뭐라고 했는데?"

"미래에 관한 이야기는 딱 두 번 해줄 수 있는데, 기회를 아껴야 해서 말해줄 수가 없대. 나 참 황당하지 않아?"

"뭐야? 가짜 아냐? 당연히 장난이니까 못 말하는 거지."

준수가 허점을 짚어냈다는 표정으로 말했다.

"그게 그렇게 간단한 게 아냐."

수진의 이야기를 듣는 내내 승민은 사뭇 진지했다.

"뭔 소리야, 당연히 장난이지."

한나가 고개를 저으며 말했다.

"글쎄, 난 잘 모르겠네. 근데 왜 전화했대? 전화한 사람은 누구야?"

현지가 맥주를 삼키며 말했다.

"아, 이걸 말 안 했구나. 전화 주인공은 내 딸이야. 어, 그러니까…… 20년 후 한수진의 딸."

이야기를 마치고 목이 텁텁해진 수진은 맥주를 들이켰다. 탄산이 목 전체를 긁으며 내려갔다.

"뭐라고?"

한나가 화들짝 놀라며 수진의 어깨를 잡았다. 아이스크림 가게에서 일하는 동안에도 수진이 꺼낸 적 없는 얘기였기 때문에 한나는 적잖이 놀란 눈치였다.

"뭐, 딸? 이게 무슨 장난도 참……."

준수가 황당한 표정으로 말했다.

"장난이 좀 심한 거 아냐? 수진아, 설마 그 전화…… 믿는 건 아니지? 당연히 장난 전화잖아. 미래에서 걸려오는 전화라니 말도 안 돼. 응, 수진아?"

한나가 수진의 눈을 마주 보고 진지하게 말했다.

"그래, 뭐 해코지하거나 협박하거나 뭘 요구하거나, 그런 건 없었어? 냉정히 생각하면 당연히 이건 말이 안 돼."

준수도 거들었다.

"그 후로 몇 번 더 전화가 오긴 했는데, 딱히 뭘 요구하거나 그런 건 없었어. 그냥 내 목소리가 듣고 싶었다면서 내 대학 생활은 어땠는지 물어보고…… 그 정도. 다음 주에도 전화한대."

수진은 정작 가장 중요한 독일 유학이나 혁건에 대한 이야기는 차마 하지 못했다. 수진을 정말로 괴롭게 하는 것들은 수진 본인이 해결해야 할 문제였다. 괜히 친구들에게 알려 일을 복잡하게 만들고 싶지 않았다.

"……"

친구들은 말없이 맥주를 홀짝였다. 무슨 말을 해야 할지 모르는 눈치였다.

"또 전화하기로 했다고?"

준수가 담배에 불을 붙이며 말했다.

"응, 화요일에. 너희들은 어떻게 생각해? 진짜일까? 나는 너무 혼란스러워. 믿어야 할지 말아야 할지……"

수진이 사뭇 진지한 표정으로 말했다. 수진의 질문은 진심이었다. 지연의 전화 때문에 다른 생각을 할 수 없을 정도로 혼란스러운 상태였고 진심으로 친구들의 의견이 궁금했다.

"흠……"

한나는 대답을 찾지 못하고 맥주잔만 빙빙 돌렸다.

"수진아."

준수가 담배를 입에 물며 말했다.

"진짜로 그 전화 믿는 거 아니지? 아무리 세기말이다 뭐다 해도 이건 아냐. 아직 뭘 요구하거나 하진 않았으니까 다행이긴 한데, 단순히 장난 전화라도 좀 지나치잖아. 벌써 여러 번 전화가 왔었다며. 상대방이 장난치면서 혼자 좋아하는 모습을 상상해봐. 소름 끼치지 않아? 다음부터 전화 받지 마."

준수가 하얀 연기와 함께 말을 내뱉었다.

"난 잘 모르겠어. 이게 참, 충분히 일어날 만한 일 같기도 하다가, 또 당연히 장난 같기도 하고……."

승민이 한발 물러섰다.

"왜? 난 그 전화가 진짜였으면 좋겠는데. 젊었을 때의 엄마와 전화라니. 신기하고 재밌잖아. 나도 내 나이 때 엄마를 만난다면 해주고 싶은 말이 많을 것 같아. 장난이면 어쩔 수 없는 거지만 만약 그 전화가 진짜라면 네 딸에게는 얼마나 소중한 순간이겠어."

현지가 턱을 괸 채 말했다.

"난 잘 모르겠어, 수진아. 그래도 준수 말이 맞는 것 같아. 더 심해지기 전에 그만 무시해야 되지 않을까? 전화 거는 사람이 앞으로 무슨 말을 할지도 모르는 거고……."

한나가 수진을 바라보며 말했다.

수진은 끝내 가장 중요한 말들은 언급하지 않았다. 혁건과 왜 헤어져야 하는지, 혁건과 결혼하면 수진은 어떻게 살게 되는지, 독일 유학을 왜 포기하게 되는지. 수진은 말하고 싶지 않았다. 더 간섭이 심해지는 것도 원치 않았고 괜스레 안타까운 시선을 받게 되는 것도 두려웠다.

이것은 오로지 수진 자신만의 문제였다. 스스로 해결하고 싶었다.

"그런가……."

수진은 맥주와 함께 말끝을 삼켰다.

지연의 전화에 대해 친구들이 더 해줄 말은 없었다. 몇 마디가 더 오고 가다 대화주제는 자연스레 다른 것으로 옮겨갔다. 사뭇 진지했던 분위기는 가게의 음악 소리와 소란스러움에 묻혔고 수진의 테이블도 금세 흥겨운 분위기로 바뀌었다.

승민이 키우는 강아지 이야기, 준수의 직장상사 뒷담화, 인기 절정인 가수의 이야기가 차례로 지나갔다. 다들 얼큰하게 취기가 올랐을 때쯤 수진을 찾는 혁건의 목소리가 들려왔다.

수진과 친구들이 다 같이 자리에서 일어나 혁건을 반겼다.

"오빠, 여기 앉아요."

한나가 옆자리 짐을 치워 자리를 만들었다.

"다들 정말 오랜만이네요."

혁건과 친구들이 테이블에 둘러앉았다. 새로운 사람이 오자 테이블은 다시 활기를 띠었다.

혁건이 자리에 앉자마자 승민이 직원을 불러 맥주 한 잔을 주문했다.

"아냐아냐, 괜찮아요. 차를 가져와서. 그리고 금방 갈 건데요, 뭐."

혁건이 손사래 치며 말했다.

"회사에서 오는 길이에요?"

준수가 물었다.

"네, 요즘 바빠서 주말도 출근이네요. 퇴근하고 수진이 데리러 온 거예요. 오늘 이쪽에서 술 약속이 있다길래."

"오빠, 저녁은 먹었어요?"

한나가 수저를 챙겨 혁건의 앞에 놓았다.

"응, 먹고 왔어. 아이구, 자꾸 안 챙겨줘도 돼."

"나 화장실 좀 갔다 올게."

짐을 다 챙긴 수진이 자리에서 일어났다.

"응, 다녀와."

수진이 자리를 뜨면서 잠시 어색해진 시간을 그냥 놔둘 한나가 아니었다.

"저희 짠 해요. 오빠는 거기 콜라로 짠 해요."

"그럴까?"

혁건이 수진 앞에 놓여 있던 콜라 잔을 들어 올렸다.

"자, 짠! 반가워요."

"짠."

"반갑습니다."

유리잔이 공중에서 경쾌한 소리를 내며 부딪혔다. 한나 덕분에 수진의 빈자리는 빠르게 채워져갔다.

"저기 혹시 수진이한테 전화 이야기 들었어요?"

현지가 맥주를 넘기며 말했다.

"야, 넌 무슨 그런 걸 묻냐."

준수가 티 나지 않게 현지에게 눈을 흘겼다.

"왜? 어때서. 남자 친구인데 알아야지."

"어떤 전화요?"

혁건이 궁금한 표정으로 물었다.

"그 미래에서 걸려온다는 전화요."

"아아, 그 전화 당연히 들었죠. 수진이가 여기서도 말했나 보네요. 신기한 일이긴 해요, 그쵸?"

"역시 오빠한테도 말했네요. 오빤 어떻게 생각해요? 진짜 같아요?"

한나가 의자를 혁건 쪽으로 당겨 앉으며 물었다.

"저도 아직 정확히 결론을 못 내렸어요. 진짜일 가능성이 없진 않을 것 같은데, 단순히 생각해보면 너무 허무맹랑한 거짓말 같고⋯⋯."

"그쵸? 역시, 저도 충분히 가능성 있다고 믿어요."

혁건의 반응에 승민이 반색했다.

"왜 그렇게 생각하세요?"

현지가 맥주를 따르며 물었다.

"왜냐면, 그건······."

"오빠 이제 가자."

화장실에 다녀온 수진이 혁건의 어깨에 손을 둘렀다. 뭐라 말하려던 혁건은 말을 멈추고 수진의 나머지 짐을 챙겨 자리에서 일어났다.

"우리 먼저 가볼게. 너희도 바로 갈 거지?"

수진이 친구들을 둘러보며 말했다. 친구들끼리는 혁건이 수진을 데리러 왔을 때쯤 술자리를 파하자고 얘기가 된 상황이었다. 친구들도 혁건과 수진에게 인사를 건네며 천천히 짐을 챙기기 시작했다.

"우리도 이제 집에 가야지. 먼저 가 수진아. 오늘 너무 즐거웠어. 오빠도 운전 조심하세요."

한나가 가게 문 앞까지 나와 혁건과 수진을 배웅했다.

"응, 또 보자. 먼저 갈게!"

수진과 한나의 손이 허공에서 한참을 흔들렸다. 추석 연휴의 마지막 날이 평온하게 지나고 있었다.

1999.9.27.(월)

지연의 말이 진짜인지 물어도 확인할 수 없고 확인할 방법도 없는 상황에서 수진은 할 수 있는 게 없었다. 그저 지연의 말을 듣고 자신이 판단하고 행동할 뿐이었다. 할 수 있는 게 없다는 것에서 무기력함이 몰려왔다. 수진은 스스로 결정을 내려야 했다. 지연의 말이 결정에 있어서 도움이 될 수는 있었지만 결국 결정을 내려야 하는 건 수진 본인이었다. 지연의 전화가 장난인지 진짜인지 구분하는 건 이제 불가능해 보였다. 수진이 할 수 있는 건 지연의 말을 들어주는 것뿐이었다.

 수진은 한참 전부터 시계와 전화기를 번갈아 바라보고 있었다. 오늘은 딸의 전화가 오기로 한 날이었다. 딸과 전화를 할 생각에 수진은 하루 종일 아무것도 손에 잡히지 않았다.
 볼일을 마치고 일찌감치 집에 들어온 수진은 곧장 제 방으로 들어가 나오지 않았다. 부산한 저녁준비 소리가 집 안에 울려 퍼지는 내내 수진은 침대 위에 앉아 묵묵히 전화만 내려다보고 있었다. 곧 엄마가 저녁을 먹으라며 방문을 두드렸지만 수진은 움직이지 않았다. 오로지 시계와 전화기만 번갈아 바라볼 뿐이었다.
 약속한 7시가 점점 가까워지자 수진의 심장이 더욱 불규칙하게 뛰기 시작했다. 시곗바늘 소리와 심장 소리가 뒤섞여 수진의 귓가를 울렸다. 시곗바늘의 초침 소리보다 심장 뛰는 소리가 더 거세지기 시작했을 때 마침내 전화벨이 울렸다. 수진은 거의 튕겨져 나가다시피 다가가 수화기를 낚아챘다.

"여보세요."

아직 진정되지 않은 탓에 수진의 목소리는 살짝 떨리고 있었다.

"……."

수화기 너머에선 아무 말도 들려오지 않았다.

"지연이니?"

수진이 딸의 목소리를 기대하며 물었다.

"……응, 엄마. 나야 지연이. 잘 있었어?"

수화기 너머로 기다리던 지연의 목소리가 들려왔다.

딸의 전화라는 걸 확인하고 나서야 비로소 수진은 침대에 주저앉았다.

"그럼, 잘 지냈지. 마지막 통화하고 나서 계속 네 전화만 기다리고 있었어."

수진이 앞머리를 한번 쓸어올리며 말했다.

"엄마 목소리 다시 들어서 좋다."

"나도 그래. 목소리 다시 들으니 좋다."

"그동안 어떻게 지냈어?"

조금 밝아진 지연의 목소리가 꼬리를 물었다.

"공부하다가 친구들도 만나고, 일도 하고, 똑같았어. 넌 어때? 재밌는 일 있었어?"

"아니 나도 똑같아. 저번에도 말했지만 달라지지 않을 거야.

공부 계속해서 다행이다. 엄마, 아픈 데는 없지?"

"응 다 괜찮아. 가을이 가까워지는지 점점 바람이 시원해져서 좋네. 지연아, 친구들이랑 너에 대해 얘기해봤어."

"정말? 친구들이 뭐라고 해?"

지연의 목소리가 단번에 올라갔다.

"네가 생각하는 그대로야. 다들 농담하는 거냐고, 장난치지 말라고 그런 반응이야."

"하긴 나 같아도 그렇게 생각하겠다."

지연의 말끝에 작은 웃음이 딸려왔다.

"그래도 네 얘기를 믿는 사람도 있긴 했어. 세기말이니, 미스터리니, 하면서. 충분히 있을 수 있는 일이라고 하더라고."

수진의 말에도 웃음기가 배어 있었다.

"아직 사실 잘 모르겠어. 그냥 지금 이 상황이 정말 농담 같아. 뭐가 뭔지 모르겠어."

"엄마도 내 말을 못 믿는 거야?"

"아니야. 지연이 네 말이 거짓말이라고 생각하는 건 아냐, 근데…… 사실 아직 잘 모르겠어."

수진은 무릎을 세우고 앉아 다리 사이에 고개를 파묻었다.

"그래, 그럴 수 있지……."

"……."

"계속 고민했지?"

수진은 고개를 들고 뭐라 대답하려다가, 결국 할 말을 찾지 못하고 입술만 작게 깨물었다.

"엄마, 이제 정말 기회가 얼마 안 남았어. 엄마가 선택해야 해. 결정하기 어렵겠지만, 내 말 잘 기억해, 알았지?"

"지연아, 나는…… 정말 아직 잘 모르겠어. 네 말도, 유학도, 일도, 사람들도 모두 다."

겨우 열린 수진의 입술이 다시 닫혔다.

"엄마, 나 진짜 괜찮아. 엄마가 지금 혼란스럽고, 고민되고, 쉽게 결정할 수 없다는 거 다 이해해. 그런데, 내 말 들었으면 좋겠어. 부탁이야. 내 생각 말고 다른 것 생각 말고 제발 엄마를 생각했으면 좋겠어."

"……."

수화기를 사이에 두고 잠시 침묵이 흘렀다. 수진은 침대 위에 털썩 누워 숨을 한 번 고르고 입을 열었다.

"지연아."

"응."

"네가 하는 말 정말이야?"

수진이 지연에게 수십 번은 반복한 질문이었다. 하지만 여전히 수진은 확신을 갖지 못하고 있었고, 정해진 대사처럼 의미 없이 지연에게 또 한 번 물었다.

"응, 정말이야."

지연의 목소리엔 떨림이 없었다.

"정말?"

수진은 다시 한번 되물었다.

"응, 정말이야."

지연의 대답은 언제나 같았다.

수진은 이 모든 상황이 차라리 꿈이기를 바랐다. 수진은 눈을 감은 채 한 손으로 머리를 다시 쓸어넘겼다.

또다시 둘 사이로 짙은 침묵이 가라앉았다.

"엄마, 딱 한 가지만 기억해. 모든 상황에서 엄마의 인생을 최우선으로 생각해. 나는 엄마가 정말 행복했으면 좋겠어."

"지연아."

"응?"

"잘 생각해볼게. 지금은 너무 혼란스러워서 나도 어떻게 해야 할지 잘 모르겠다."

"응, 엄마. 나는 엄마 믿어. 벌써 전화 끊을 시간이네……."

"또 통화 할 수 있는 거지?"

"응, 또 전화할게."

"고마워. 몸 건강히 잘 지내고 있어야 해."

"응, 엄마도 잘 지내고 있어. 목요일 저녁 일곱 시, 또 전화할게."

전화가 끊어지고 나서도 수진은 한동안 움직이지 않고 침대에 누워 있었다. 서늘한 이불의 감촉이 온몸을 타고 올라왔다. 수진은 겨우 몸을 일으켜 수화기를 내려놓고 벽에 기대 쓰러지듯 주저앉았다. 머릿속에 온통 매캐한 연기가 가득 찬 듯했다. 두 손에 얼굴을 파묻고 수진은 다시 눈앞에 펼쳐진 말도 안 되는 상황에 대해 생각했다.

1999.9.29.(수)

수진은 계속해서 지연의 전화를 떠올려보았다. 크게 달라진 건 없었다. 요구사항도 명확했고 사유도 명확했다. 전화에 대해 곱씹다 보니 수진은 한 가지 의문이 들었다. 만약 혁건과 결혼을 하지 않는다면 지연은 어떻게 되는 걸까. 지연의 전화가 진짜일 경우 수진이 유학을 선택해 미래를 완전히 바꾼다면 지연의 존재는 당연히 없어질 것이었다. 자신의 손으로 지연을 없앨 수도 있다는 생각을 하자 수진의 혼란은 더욱 가중되었다.

수진은 문제를 풀고 있는 지은을 빤히 쳐다보았다. 어느 순간부터 수진은 지은의 얼굴에서 지연의 모습을 겹쳐 보기 시작했다.

지은은 얼마 전부터 수진의 분위기가 이상해졌다고 생각하고 있었다. 처음에는 장난처럼 넘겼지만 아무래도 수진에게 무슨 일이 있는 건 아닌가 걱정되기도 했다. 평소 같았으면 벌써 실없는 소리를 했을 지은이지만 애써 수진의 시선을 외면한 채 문제 푸는 데 신경을 쏟고 있었다.

"지은아, 너는 너보다 소중한 사람 있어?"

"네?"

지은이 화들짝 놀라며 되물었다.

"너 자신보다 소중하게 생각하는 사람 있어? 부모님이라던 가, 친구라던가."

수진이 차분한 목소리로 물었다. 올려다본 수진의 표정에서 장난기라고는 찾아볼 수 없었다.

"음……."

지은은 몸을 젖혀 의자 등받이에 기대었다. 수진은 가만히 지은을 바라보았다.

"에이, 친구가 어떻게 저보다 중요해요?"

"그래? 그럼, 부모님은?"

"부모님은 제 자신만큼 소중하죠. 어떨 때는 부모님이 저보 다 더 소중한 것 같기도 하고……. 잘 모르겠어요."

"지은아, 내 말 잘 들어봐."

"네."

"어떤 버튼이 있어. 이 버튼을 누르면 부모님은 엄청 행복해 져, 지금보다 수십 수백 배 행복해져. 대신 버튼을 누르면 지은이 너는 이 세상에서 사라져버려. 흔적도 없이 누구의 기억에도 남지 않고 싹 사라져버려. 그러면 지은이 넌 이 버튼을 누를 거야?"

"버튼이요?"

"그래, 너라면 어떻게 할 거 같아?"

지은은 수진의 모습이 너무나 이상하게 느껴졌다. 평소 친근하게 지내면서 가벼운 농담도 건네긴 했지만 그렇다고 이런 엉뚱한 소리를 할 사람은 아니었다. 지은은 오늘 왜 그러냐고 묻고 싶었지만 차마 말을 하지 못했다. 수진에게서 풍겨오는 묘한 느낌이 지은의 입을 가로막고 있었다. 지은은 망설이다 겨우 입을 열었다.

"아픈가요?"

"응?"

예상치 못한 지은의 대답에 수진이 되물었다.

"버튼을 누르고 사라질 때요, 아파요?"

수진은 말없이 지은을 바라보았다. 수진은 지은이 무슨 생각을 하고 있는 건지 궁금했다.

"아프지 않아. 그냥, 그냥 사라져. 어떤 흔적도 남기지 않고 그냥 사라져버려."

"그럼 어디로 가는 거예요?"

"그건 나도 몰라. 어디로 가는 게 아니라 그냥 존재 자체가 한순간에 없어진다면 누를 거야?"

"음…… 그러면 저는…….'

지은이 생각에 골똘히 잠긴 사이 수진은 앞에 놓인 물을 한 모금 마셨다. 시원한 냉수가 식도를 타고 흘렀다. 느슨해져 있던 몸에 차가운 기운이 퍼졌다.

"그러면 누를래요. 부모님이 수백 배 행복해진다면 전 사라져도 괜찮아요."

지은의 대답은 명쾌했다.

"정말? 정말 누를 거야?"

수진이 재차 물었다.

"네, 부모님이 행복해진다면 괜찮아요. 그리고 또 안 아프잖아요. 뭐 지옥 가는 것도 아니고 사라진다는데……. 그리고 이게 다 그냥 가정일 뿐이니까 그냥 누를래요. 지금 당장 진짜로 누르는 것도 아닌데요, 뭘."

지은이 특유의 유쾌한 목소리로 어깨를 한 번 으쓱했다.

"그렇구나, 버튼을 누를 거구나. 그러면 부모님도 좋아하시겠지?"

"쌤, 버튼을 누르면 부모님이 행복해진다면서요. 그럼 당연히 좋아하시겠죠. 그리고 오늘 선생님 이상해요. 이런 거 묻는 것도 그렇고, 표정도 이상하고……. 설마 쌤 진짜 그 버튼 가지고 있는 거 아니에요?"

지은의 물음에 수진은 빙긋 미소를 지어 보였다.

"그런 게 있을 리가 있겠니."

수진이 지은의 머리를 살짝 쓰다듬으며 말했다.

"이상해 이상해……."

지은이 고개를 가로저으며 다시 문제집으로 시선을 돌렸다.

"지은아, 너 참 이쁘네."

"네?"

"너 참 이쁘다구."

생각이 많은 눈빛으로 수진이 말했다.

"쌤!"

"응?"

"다시 말해주시면 안 돼요? 듣기 좋은 말인데요?"

지은의 장난스런 대답에 수진은 함박웃음을 터트렸다. 수진이 웃음을 터트리자 지은도 기분이 좋아졌다. 지은은 잠깐이나마 수진이 웃기를 바랐다.

"다 풀었지? 어디 한번 볼까?"

수진이 채점하는 동안 지은은 나란히 놓인 핫초코 두 잔 중한 잔을 집어 들었다. 핫초코는 창밖 하늘처럼 새카만 빛이었다. 핫초코를 한 모금 머금자 까끌했던 입안에 달콤한 초콜릿향이 가득 퍼져나갔다. 지은은 말없이 핫초코를 마시며 수진을 기다렸다.

1999.9.30.(목)

두근대는 마음으로 수진은 시계를 응시하고 있었다. 시곗바늘은 일곱 시에 거의 다다라 있었다. 수진은 옆에 놓인 전화기에 언제든 손을 뻗을 준비가 되어 있었다. 저녁 식사도 마쳤고 씻는 것도 끝냈다. 방문은 닫혀 있었고 침대는 푹신했다. 지연의 전화를 받기에 완벽한 상태였다. 일곱 시 정각이 되자 기다리던 전화벨이 울렸다.

따르르르릉.

수진은 황급히 물컵을 내려놓고 수화기를 낚아챘다.

"여보세요."

"엄마, 나야."

지연의 목소리가 수화기 너머에서 들려왔다.

"응, 전화 기다리고 있었어."

"정말? 엄마가 내 전화 기다리고 있었다니 기쁘네……."

말과 달리 지연의 목소리는 전혀 기쁘게 느껴지지 않았다. 묘하게 가라앉은 지연의 목소리를 수진은 놓치지 않았다.

"지연아, 너 목소리가 왜 그래? 괜찮아?"

"응, 괜찮아."

"전혀 괜찮은 거 같은데. 무슨 일 있어?"

"……."

지연이 살짝 뜸을 들였다. 수진은 앞에 놓인 물컵을 집어 들어 목을 축였다.

"사실 오늘이 마지막 통화야."

"응? 마지막이라고? 그게 무슨 말이야?"

수진이 살짝 놀라며 말했다.

"오늘 전화가 여섯 번째잖아. 이제 기회를 다 써버렸어."

지연이 기운 없는 목소리로 말했다.

"벌써 여섯 번째 통화구나. 알고 있었는데…… 너무 갑작스럽네."

"엄마 목소리 이제 못 들어서 어떡해……. 엄마 보고 싶어."

지연의 목소리가 금방이라도 울 것처럼 떨렸다.

수진은 이제 더 이상 통화를 하지 못한다는 사실에 좋아해야 할지, 아쉬워해야 할지 갈피를 잡지 못했다. 지연을 달래줘야 할지, 지금 하고 싶은 말을 해줘야 할지도 수진은 알 수가 없었다.

"괜찮아, 괜찮아. 또 보면 되지. 미래에서 만날 수 있잖아. 울지 마, 지연아."

수진의 선택은 위로였다.

수진의 말에도 지연의 목소리는 그대로였다.

"아니, 엄마…… 이제 다시는 우리 못 만나."

"그게 무슨 말이야?"

"이제 엄마를 만날 수가 없어. 엄마는…… 죽었어."

"그게 무슨 말이야, 죽는다니?"

수진이 재빨리 되물었다. 또다시 충격적인 말이었다.

"말 그대로야. 엄마는 지금 죽었어. 여기에 엄마는 없어. 얼마 전에 교통사고가 나서 죽었어…… 흑흑."

지연의 말이 날카롭게 수진의 머릿속을 헤집었다. 좁은 구멍에 빨려 들어가는 것처럼 숨이 막혀왔다. 수진은 손바닥으로 가슴을 몇 번 쳤다.

"엄마."

"……응?"

수진이 겨우 입을 뗐다.

"시간이 없어."

지연이 훌쩍이며 말했다.

수진이 다시 물을 한 모금 마셨다. 교수가 되지 못하는 미래에, 혁건과 헤어져야 한다는 얘기만으로도 버거웠는데 이제 자신이 죽는다는 얘기까지 듣자 수진의 머릿속이 새하얘졌다.

"……어떻게 죽어?"

"비 오는 날 밤 횡단보도를 건너다가 교통사고가 나서……."

지연은 말을 잇지 못하고 결국 울음을 터뜨렸다. 수진은 무슨 말을 해야 할지 몰랐다. 자신의 죽음에 대해선 생각해본 적이 없었다. 그 낯설고 두려운 세계에 대해 생각해본 적이 단한 번도 없었다. 죽는다는 것은 미래에 교수가 되지 못하는 것이나 혁건과 헤어져야 하는 것과는 차원이 다른 문제였다. 삶과 죽음을 가르는 문제 앞에서 그것들은 시시하게 느껴질 정도였다.

"엄마, 지금부터 내가 하는 말 잘 들어. 시간이 없어."

지연이 겨우 울음을 삼키며 말했다.

"응."

수진은 알겠다는 말 외엔 아무 말도 할 수 없었다.

"엄마는 죽어. 결국 끝내 죽어. 꿈도, 자신도 다 포기하고 평생 두 아이의 엄마로, 형편없는 아빠의 아내로 고생만 하다가 교통사고로 죽어."

"……."

현실감이 없는 이야기였다.

"일이 꼬이기 시작한 건 엄마의 결혼부터야. 엄마는 아빠와 결혼하기 위해 준비하던 독일 유학을 포기했어. 아빠가 독일 유학은 결혼한 후에 가도 괜찮다고 엄마를 설득했으니까. 하지만 엄마는 결혼을 하고 나서 바로 나를 임신해. 그리고……."

지연은 말을 마치지 못하고 기침을 내뱉었다.

"괜찮아?"

수진이 커진 목소리로 말했다.

"응, 괜찮아. 그리고 엄마는 임신한 후부터 엄마의 꿈도, 자신의 삶도 다 포기하고 오로지 가족들을 위해 모든 걸 희생해.

교수가 되겠다던 꿈은 온데간데없고 그저 집안일에 치여 하루하루를 보내는 주부가 된 거야. 아빠는 회사 일을 핑계로 점점 엄마와 집안에 소홀해졌어. 진짜로 회사 일이 바빴던 건진 모르겠지만……. 내가 태어나고 겨우 기어다니기 시작할 무렵부터 아빠는 툭하면 술을 마시고 폭력을 쓰기 시작하더니 결국 회사에서도 술 때문에 문제를 일으키고 결국 잘렸어. 그때 엄마가 아빠와 헤어졌어야 하는데…… 엄마는 다시 아빠를 받아줬고 용서했어."

저번 통화에서도 지연은 혁건과의 결혼생활이 어떻게 이어지는지 언급했었다. 그때는 긴가민가했지만 이렇게 구체적으로 들으니 그 충격이 고스란히 수진에게 전달되었다. 내용이 충격적일수록 수진의 판단력은 흐려졌다. 수진은 지연의 말에 완전히 빠져들고 있었다.

"그리고?"

수진이 메마른 목소리로 지연을 재촉했다.

"회사를 그만두고 아빠는 이상한 꼬임에 빠져서 사업을 시작했어. 사업이 잘 안 풀리면서 더 술에 의존하게 됐고 폭력을 휘두르는 게 습관이 됐어. 사업 스트레스를 집에다 풀면서 집을 난장판으로 만들고 악에 받쳐 밤새 소리를 질러댔는데 덕분에 하루하루가 지옥이었어. 나는 엄마가 왜 아빠랑 헤어지지 않을까 궁금했는데, 아마 그때 엄마 배 속에 두현이가 있었기 때문이었던 거 같아. 나랑 두현이가 아주 어렸을 때는 그래도 아빠가 가끔 진짜 아빠처럼 우리에게 다정했던 때도 있었던 거 같은데…… 내가 중학교에 올라가고, 아빠 사업이 급격하게 기울어지면서 우리 가족에겐 최악의 시기가 찾아왔어. 매일 술 먹고 물건을 때려 부수는 아빠와 그런 아빠를 피해 부엌 서랍에 숨어서 벌벌 떨던 기억이 생생해. 엄마는 왜 그때 아빠에게서 도망치지 않았을까. 그때라도 도망쳤다면…….”

“…….”

말을 잃은 수진은 수화기에 온 신경을 집중했다. 지연의 말 한마디 한마디가 너무나 소중하게 느껴졌다. 지연의 말과 눈물은 수진을 사로잡기에 충분했다.

“그리고 아빠 사업이 결국 망했어. 위태롭게 버티던 사업이 어느 날 결국 완전히 무너져버린 거지. 쫓겨나듯 단칸방으로 이사 가고 나서는 집 안에 부술 게 더 없었는지 그때부터는 엄마랑 우리를 때리기 시작했어. 정말 지옥 같은 날들이었어. 끝이 보이지 않는 지옥. 그렇게 살아도 사는 게 아닌 것처럼 버티다 비가 오던 어느 날 내 손을 잡고 장을 보러 나갔던 엄마는…… 내 눈앞에서 떠나버렸어.”

말을 마친 지연은 결국 큰 소리로 울음 터뜨렸다. 소설 속에나 나올 것 같은 비극적인 이야기에 수진은 할 말을 잃었다. 수진은 지연이 울음을 그치기만을 묵묵히 기다렸다. 수진은 비를 쫄딱 맞은 심정이었다.

"……교통사고였어?"

수진이 힘겹게 입을 열었다.

"응, 트럭이 빗길에 엄마를 치고 지나갔어……."

지연이 말을 마치자 묵직한 공기가 두 사람을 에워쌌다. 지연은 겨우 울음을 달래는 것 같았고 수진은 충격 속에 아무 말도 할 수 없었다. 수진의 눈동자엔 이미 초점이 거의 사라지고 없었다.

지연의 이야기와 눈물, 떨리는 목소리가 수진의 머릿속을 더 어지럽게 했다. 어떤 대답이 돌아올지는 예상이 갔지만 수진은 그래도 다시 한번 묻고 싶었다. 진짜인지 아닌지 이성적으로 판단하기엔 수진은 너무 깊숙이 대화 속에 빠져 있었다.

"지금까지 한 말…… 다 진짜야?"

짧고 무거웠던 침묵을 먼저 깨트린 건 수진이었다.

"응, 다 진짜야……. 엄마는 아직도 안 믿기지?"

그 순간엔 혁건이 그런 사람이란 게 제일 믿기 어려웠다. 그리고 동시에 방법 하나가 머릿속을 스쳐 지나갔다.

"아직 잘 모르겠지만…… 진짜일 수도 있을 것 같아. 근데 나는 죽고 싶지 않고 내 꿈도 이루고 싶어. 그리고…… 혁건 오빠도 포기할 수가 없어. 오빠가 정말 그런 사람이야? 나는 아직도 못 믿겠어. 수진아, 내 미래가 진짜 그렇다면…… 내가 미

래를 바꿀 수 있지 않을까? 이제 네가 말해줘서 미래를 다 알
았으니까…… 혁건 오빠도, 내 미래도, 너도 모두 살릴 수 있
지 않을까?"

수진은 혁건도 지연도 자신의 꿈도 잃고 싶지 않았다. 미래
를 알고 있는 이상 자신의 힘으로 미래를 바꿀 수 있을 것만
같았다. 뭐라도 해보고 싶었다. 이대로 그냥 포기하고 싶지 않
았다.

"지연아, 나는 널 행복하게 만들어주고 싶어. 아직 직접 만나
지는 못했지만, 내 딸이잖아. 그리고 내 꿈도 포기하지 않을 거
야. 혁건 오빠와도 헤어지지 않을 거야. 내가 평생 불행 속에서
살다가 죽음을 맞이한다는 얘기는 정말 너무 두렵지만…… 이
제 미래를 알았으니까 바꿀 수 있을 거야."

"엄마,"

"응?"

"그 미래를 바꾸는 방법이 바로 아빠랑 결혼하지 않는 거야.
아빠랑 헤어지고 엄마 인생을 찾아 나서는 게 바로 미래를 바
꾸는 방법이라고! 제발 내 말 듣고 헤어져. 헤어지고 독일로 유
학 가서 하고 싶었던 공부 해. 나는 이 말을 엄마에게 꼭 하고
싶었어. 엄마가 맞는 걸 보면서, 우는 걸 보면서 그리고…… 죽
은 걸 보면서. 내가 과거로 가서 두 사람을 떼어놓을 수만 있으
면 좋겠다고 얼마나 기도를 했는지 알아? 과거로 보내달라고,

그게 안 된다면 과거의 엄마랑 대화만이라도 할 수 있게 해달라고. 단 일 분만이라도. 꿈에서 엄마를 만나고 이 전화가 정말로 엄마에게 걸렸을 때 얼마나 기뻤는 줄 알아? 이제 바꿀 수 있겠구나, 이 불행을 끝낼 수 있겠구나 싶어서. 그런데…… 모두가 함께 살 방법을 찾겠다고? 아빠랑 헤어지지 않고 행복한 미래를 만들 수 있다고? 엄마, 그런 건 없어…… 제발 아빠를 버리란 말이야."

지연의 목소리가 점점 절규로 변해갔다.

지연의 절규에 수진은 다시 말이 없어졌다. 이것은 믿고 안 믿고의 문제가 아니었다. 지연의 말이 사실이든 아니든 미래를 비극 속에 던져둘 순 없었다.

"아까 날 행복하게 해준다고 했지? 날 행복하게 만드는 방법은 바로 김혁건과 헤어지는 거야. 아빠와 결혼하지 않는 거야. 그게 바로 나의 행복이고 이 불행과 고통의 삶을 끝내는 유일한 방법이야."

"하지만……."

완고한 지연의 태도에 수진은 더 이상 혁건을 바꾸겠다는 말을 할 수 없었다. 같은 말을 반복해봤자 지연은 달라지지 않을 느낌이었다. 그리고 선택은 결국 수진의 몫이었다.

"만약 내가 결혼을 안 하면, 지연이 넌 어떻게 되는 거야? 내가 결혼을 안 하면 넌 이 세상에 존재하지 않는 게 돼버리잖아.

지연이 넌 태어나지도 못하는 거잖아."

"아마 그렇겠지? 하지만 그런 건 상관없어. 삶에 미련 같은 것도 없는걸. 고통의 시간, 차라리 안 태어났다면 더 좋았을 거야. 과거에도 지금도 그리고 앞으로도 쭉 엄마에게 전화한 거 절대 후회하지 않아."

수진은 물어보고 싶은 것이 많았다. 간추려서 이야기했지만 지연이 어떤 삶을 살았는지, 내가 죽은 후에는 어떻게 됐는지, 지연의 가족은 어떻게 되는지 물어보고 싶은 것이 너무나도 많았다.

"이왕 이렇게 된 거 내가 묻는 말에 다 대답해줄 수 있어?"

"응, 뭐든. 오늘은 마지막이니까. 미래에 대해 두 번밖에 못 말하는 규칙 따위 아무래도 좋아. 두 번 이상 말하면 그 즉시 전화가 끊어지고 다시는 엄마와 전화를 할 수 없게 된다고 했지만 이젠 상관없어. 그 동안은 엄마에게 전화를 못 하게 될까봐 말을 아꼈지만 이젠 하고 싶은 말 다 했는걸."

지연이 조금 진정된 목소리로 말했다. 여러 가지가 궁금했지만 수진의 첫 번째 질문은 선택의 결과였다.

"내가, 그러니까 미래의 내가 후회하는 모습을 보인 적은 없었어?"

"음, 아니. 엄마는 항상 아빠 때문에 힘들어하면서도 우리한 텐 우리가 있어서 행복하다고 했었어."

"다행이네……. 가족들끼리 사이가 좋았던 적도 있었어?"

"……때 좋았…… 같아."

깨끗하던 목소리에 갑자기 잡음이 섞이기 시작했다. 그 소리를 들은 수진의 목소리가 다급해지기 시작했다.

"뭐라고? 안 들려."

"여보세요, 엄마, 내 말 들려?"

지연의 목소리도 덩달아 다급해졌다.

"지연아, 전화가 이상해……."

"엄…… 들려? 시간…… 나가나 봐……."

지연의 목소리가 점점 흐릿해졌다.

"지연아!"

수진은 아직 하고 싶은 말이 많이 남아 있었다. 이대로 지연과의 전화를 끝내고 싶지 않았다. 사라져가는 지연을 오 분만이라도 붙잡고 싶었다.

"엄마…… 절대 잊지…… 꼭 헤어…… 제발……."

지연의 목소리가 속절없이 사라져갔다.

뚜뚜뚜—

수화기 너머로 목소리 대신 신호음만 들려왔다. 수진은 전화기를 들고 있던 손을 힘없이 떨어트렸다. 말없는 전화기는 전자음만 내뱉을 뿐이었다. 수진은 고개를 들어 눈을 깜빡였다. 흥분과 충격, 아쉬움과 미련으로 눈동자가 붉어져 있었다. 형광등 불빛이 반사되던 눈동자가 스르르 감겼다. 동시에 수진의 몸도 침대 위로 쓰러졌다.

지연과의 마지막 통화 이후 수진은 항상 생각에 잠겨 있었다. 밥 먹을 때도, 일 할 때도, 공부할 때도 틈이 날 때마다 지연이 한 말에 대해 생각했다. 지연의 말이 사실인지 거짓인지 판단할 단계는 이미 한참 전에 지나 있었다.

지연의 요구사항은 명확했다. 혁건과 헤어져라. 지금 당장은 아니지만 언젠가 반드시 결정을 해야 할 문제였다.

수진은 부모님은 물론이고 혁건과 한나, 친구들을 포함해 아무에게도 지연과의 통화에 대해 더는 언급하지 않았다. 사람들은 애초에 지연과의 통화가 있었던 적도 없다는 듯 일절 그에 대해 얘기하지 않았다. 아마 큰일이라고 생각하지 않아 금방 잊어버린 모양이었다.

시간은 더디지만 제 나름대로 흘러갔다. 거듭되는 생각과 고민 끝에 수진은 나름의 선택 기준을 세웠다. 수진 자신이 행복할 것, 그리고 꼭 유학을 떠나서 교수가 될 것. 이 기준 속에서 어떤 선택을 할지는 신중한 고민 끝에 내릴 작정이었다.

수진은 이런 기준을 세운 것만으로도 문제 해결에 진전이 있다는 느낌을 받았다. 기준이 정해지자 한결 고민이 수월해졌다. 아직 시간은 남아 있었다. 지연이 그렇게 말은 했지만 앞으로 일이 어떻게 벌어질지, 혁건이 어떤 식으로 나올지는 아직 모르는 상태였다. 앞으로 선택의 순간들이 계속 찾아올 것이었다. 그때마다 기준에 따라 선택을 하면 될 일이었다. 그러면 선택이 쌓이고 쌓여 미래가 만들어져 있을 것이다. 정말인지 아닌지 완전히 알 수 없는 지연의 말도 그저 수진이 선택할 때 도움이 될 참고사항일 뿐이었다. 수진이 할 수 있는 건 선택의 순간을 기다리는 것밖에 없었다.

첫 번째 선택의 순간은 금방 찾아왔다. 제법 쌀쌀해진 날씨에 창문 틈으로 제법 스산한 바람이 들어오는 계절이었다. 그날 수진은 거실에 앉아 아무도 없는 평일의 고요한 오전을 즐기고 있었다. 책을 가지러 가기 위해 소파에서 일어났을 때 테이블 전화기가 울렸다. 마지막 통화 이후 시간이 꽤 지났지만 수진은 전화가 올 때마다 내심 지연이가 아닐까 하는 기대를 버리기가 어려웠다.

"여보세요."

이번에도 혹시나 하는 마음으로 수진은 전화를 받았다.

"수진이니? 나 서정혜 교수야."

기대하던 지연은 아니었지만, 수진은 오랜만에 듣는 서정혜 교수의 목소리에 반가움을 표했다.

"안녕하세요, 교수님. 잘 지내시죠?"

"그래, 나야 뭐 강의하랴 연구하랴 정신없지. 수진이 넌 잘 지내지? 유학 준비는 잘 돼가고?"

"네, 잘 지내고 있어요. 공부도 열심히 하고 틈틈이 아르바이트도 하고 있어요."

"그래, 수진이 너라면 잘하고 있을 거야. 다름이 아니라 이따 오후에 커피 한잔하러 학교에 올래? 할 이야기가 있어. 전해줄 것도 있고."

"네, 그럼요. 바쁜 일도 없는걸요. 언제까지 가면 될까요?"

"그럼 네 시까지 연구실로 올래?"

"네, 알겠습니다."

수화기를 내려놓은 수진은 방에 들어가 책장을 뒤적거렸다. 서정혜 교수와의 만남은 그 자체만으로도 즐거운 일이었다. 수진은 저도 모르게 입으로 노래를 흥얼거렸다.

수진이 교수 연구실에 들어서자 서정혜 교수는 반갑게 맞아주었다. 한껏 추워진 날씨에 서정혜 교수는 따뜻한 커피부터 내왔다. 커피는 따뜻하고 달콤했다.

"이번에 새로운 원두를 사봤는데, 어찌나 맛있던지. 네가 좋아할 것 같아서 불렀어."

서정혜 교수가 커피를 고르는 취향은 세련되고 고급스러웠다. 수진은 서정혜 교수와 커피에 대해 가볍게 얘기하는 걸 좋아했다.

"정말 맛있는데요? 제 취향을 너무 잘 알고 계신 거 아니에요?"

"하하, 다행이다. 평소에 먹던 것보다 조금 더 달콤해서 좋더라."

"네, 고소하면서도 달콤한 향이 강하게 느껴지네요."

"사실 달콤한 게 또 있어."

서정혜 교수의 말속에 미소가 담겨 있었다.

"어떤 거요?"

"독일에서 온 따끈따끈한 소식. 입학 허가가 드디어 나왔어."

"정말요?"

수진이 깜짝 놀란 목소리로 되물었다. 커피 잔이 테이블 위에서 달각거렸다.

"그럼 정말이지. 독일에서 어제 도착했어. 이제 수진이 너 정말로 유학 갈 수 있게 된 거야!"

서정혜 교수는 수진의 두 손을 포개 잡고 위아래로 과장되게 흔들었다.

"잠깐만, 내가 입학허가서를 저기에 잘 챙겨뒀는데……."

서정혜 교수가 자리에서 일어나 서류를 가져오는 동안 수진은 마치 다른 세계로 가고 있는 것만 같았다. 머릿속에서 뿜어져 나오는 기쁨이 온몸을 통해 흘러내렸다. 심장이 빠르게 뛰었다. 심장이 귀에 대고 뛰고 있는 것처럼 박동 소리가 또렷하게 들려왔다. 올라간 입꼬리는 아무리 잡아당겨도 내려가지 않았다. 고개가 연신 끄덕여졌다.

"자, 여기."

서정혜 교수가 서류봉투를 건네며 앉았다.

수진은 떨리는 손으로 봉투를 열어 서류를 꺼냈다. 빳빳한 종이 느낌이 그대로 전해졌다. 수진이 서류를 보는 동안 서정혜 교수는 말없이 커피를 홀짝였다.

강의가 끝났는지 창문 너머 복도가 소란스러워졌지만 수진의 귀에는 아무것도 들리지 않았다. 입학허가서는 진짜였다. 다시 봐도 진짜였다. 난관 하나가 무너지는 순간이었다. 수진은 커진 눈으로 서정혜 교수를 바라보았다.

"교수님……."

"수진아 고생 많았어. 쉽지 않았지?"

"네…… 정말로요……."

수진은 입학허가서의 겉면을 손바닥으로 조심스럽게 쓸었다.

"내가 유학 갈 때랑 또 달라졌더라고. 많이 어려워졌어. 더군다나 시국도 이런데 정말 고생했어. 앞으로 탄탄대로만 펼쳐질 거야."

서정혜 교수의 숨결에 은은한 커피 향이 섞여 있었다.

"언제 떠날지는 결정했니?"

"아직 확실하진 않은데, 올겨울쯤으로 생각하고 있어요. 독일 여름 학기가 4월부터 시작이니까 그 전에 가서 적응도 좀 하고, 지낼 곳도 알아봐야 하니까요."

"그래, 잘 생각했어. 슬슬 비행기 표도 알아봐야 할 거야. 아마 크리스마스나 새해 연휴 시즌이 겹칠 것 같으니까. 더 늦어지면 비행기 표 엄청 비싸진다?"

서정혜 교수가 웃으며 말했다.

수진은 이 순간이 꿈만 같았다. 입학허가서와 달콤한 커피, 창문 밖으로 보이는 평화로운 캠퍼스 풍경과 교수님과의 대화까지. 수진은 이 순간을 오래도록 간직하고 싶다고 생각했다.

그동안 회사 일로 바빠 얼굴 한 번 보기 힘들었던 혁건이 오랜만에 수진과 마주 보고 앉아 있었다. 시원한 주스를 사이에 두고 시시콜콜한 이야기를 나누던 수진의 얼굴이 어느 순간 미묘하게 바뀌었다.

"오빠."

"응?"

수진은 꼭 무언가 할 말이 있을 때 혁건을 한 번 부르고 시작했다.

"나 완전 깜짝 놀랄 일 있는데, 맞춰봐."

"깜짝 놀랄 일?"

"응, 뭘까."

"음…… 뭘까. 뭐가 있을까. 아! 복권 당첨됐어?"

혁건이 두 손바닥을 짝 소리 나게 마주치면서 웃었다.

"땡! 에이, 복권이 뭐야."

"그럼 뭐야? 빨리 말해줘. 궁금하단 말이야."

"그건 바로……."

수진이 뜸을 들였다. 순간 수진도 알아차리지 못할 정도로 수진의 얼굴이 미세하게 굳어졌다. 옅게 깔렸던 웃음이 사라지고 얼음 같은 싸늘함이 스쳐지나갔다. 혁건이 그걸 놓칠 리가 없었다. 혁건은 가만히 수진의 다음 대답을 기다렸다.

"하이델베르크 입학허가서가 나왔어!"

수진이 들뜬 목소리로 외쳤다.

지연과의 통화 이후 예전과 똑같이 혁건을 대할 수 있다면 거짓말이었다. 지연과의 통화가 쌓여갈수록 혁건을 대하는 수진의 태도도 조금씩 달라지고 있었다. 마치 오래된 가구에 차곡차곡 먼지가 쌓이듯 천천히 달라지다 끝내 마지막 통화 이후 수진은 더 이상 혁건을 완전히 예전과 똑같이는 대할 수 없게 되었다. 그래서 오랜만에 혁건을 만난 오늘도 왠지 모를 어색함과 거리감에 수진은 괜스레 시시콜콜한 이야기를 늘어놓았다.

거리감뿐만 아니었다. 지연의 말 때문인지는 모르겠지만 어느 순간부터 수진의 눈엔 안 보이던 것이 보이기 시작했다. 그건 혁건의 '화'였다.

사소한 것에 인상을 찌푸리거나 화를 참고 있는 듯 핏기 없이 꽉 쥔 주먹, 툭툭 내뱉는 짜증. 이런 것들은 이전에는 혁건에게서 볼 수 없었던 모습이었다.

지연이 말한 혁건의 본모습일까, 수진은 혁건의 새로운 모습들을 볼 때마다 지연의 말이 계속해서 떠올랐다.

오늘 만났을 때도 그랬다. 사소한 것들이지만 수진은 혁건의 행동 하나하나를 주시했다. 문을 시끄럽게 닫는 것도, 주문을 하는 말투도, 움찔거리는 눈썹도, 가끔씩 깨무는 입술도, 모든 게 신경 쓰였다. 숨겨오던 모습들이 더 이상 숨지 못하고 찔끔찔끔 삐져나오는 것만 같았다. 이런 생각들을 혹여나 들킬까 봐 수진은 괜히 한 마디라도 더 떠들었다.

그리고 마침내 혁건에게 독일 유학을 갈 수 있게 되었단 얘기를 하고 나서 수진은 기대감과 불안감, 호기심에 가득 찬 눈으로 혁건을 바라보았다.

혁건은 과연 어떤 대답을 할까. 지연의 말대로 독일 유학을 포기하고 자신과 결혼하자는 얘기를 하진 않을까, 화를 낼까, 반대할까, 반대하면 어떻게 설득해야 할까. 혁건의 대답을 기다리는 짧은 순간에도 지연의 머릿속은 복잡했다.

"축하해!"

혁건의 입에서 제일 먼저 나온 말은 진심 어린 축하였다.

"응?"

"정말 잘 됐다. 축하해. 수진이 네가 유학 가려고 얼마나 노력을 많이 했는데……. 드디어 결실이 이루어졌네. 잘될 줄 알았어!"

혁건은 자기 일처럼 진심으로 수진을 축하했다.

"아, 응. 고마워."

수진은 예상치 못한 혁건의 반응에 겨우 고맙다는 말만 내뱉었다.

수진의 예상을 완전히 빗나간 반응이었다. 혁건이 말은 안 했지만 내심 유학에 반대하고 있을 거라고 생각하고 있었다. 수진은 왜 혁건이 이렇게 진심으로 축하해주는지 궁금했다.

지연의 말대로라면 혁건은 이 자리에서 유학을 포기하라고 자신을 설득하거나 위협을 해서라도 독일에 가지 못하게 해야 했다. 어쩌면 지금 당장은 축하한다고 말해놓고 서서히 반대 의견을 보이며 설득할지도 몰랐다. 하지만 지금 혁건은 분명히 진심이었다.

"그래, 네가 얼마나 바라던 일이었는데. 드디어 이렇게 됐네. 그동안 정말 고생 많았어. 축하해."

"고마워. 오빠, 뭐 다른 할 말은 없어?"

수진은 혁건이 숨기고 있는 말들을 꺼낼 기회를 주고 싶었다.

"다른 말?"

"응. 독일 가는 건 좋긴 한데, 그래도 이렇게 떠나면 오랫동안 서로 못 만나는 거잖아. 지금은 바빠도 이렇게 겨우 얼굴 보고 목소리라도 들을 수 있는데⋯⋯. 이제 가면 못 하게 되잖아. 아쉽지 않아? 괜찮아?"

"⋯⋯."

혁건은 잠자코 수진을 바라보았다. 그리고 주스를 한 모금 마신 후 입을 열었다.

"당연히 아쉽지. 얼굴 보기도 힘들어질 거고⋯⋯. 그래도 수진이 네가 예전부터 정말 바라던 일이었고, 평생의 꿈이잖아. 합격하기 위해 얼마나 노력했는지 누구보다 잘 아는데 어떻게 가지 말라고 하겠어. 보내기 싫은 마음도 당연히 있지만 그래도 수진이 네 꿈을 이루기 위해 가는 거잖아. 그럼 당연히 축하해줘야지."

혁건이 테이블 쪽으로 몸을 기울여 수진의 두 손을 따뜻하게 감쌌다.

"그리고 요즘은 국제전화도 잘 된다잖아. 국제우편도 빠르고. 수진이 네가 방학 때 한국에 오거나 내가 휴가 때 독일에 갈 수도 있는 거고. 그렇게라도 얼굴 볼 수 있을 거야."

수진은 제 손 위에 포개진 혁건의 두 손을 바라보았다. 혁건의 말에서는 진심이 느껴졌다. 수진은 이제 있는 그대로 혁건의 축하를 믿을 수 있을 것 같았다.

"그렇구나. 오빠, 고마워. 정말 고마워. 오빠 그렇게 생각했구나……."

"하하, 합격 축하해."

혁건이 웃으며 말했다. 혁건의 축하는 진심이었다. 아쉬움이 묻어나오지만 정말로 기뻐하고 축하해주는 모습이었다. 수진은 약간 혼란스러웠지만 그대로 받아들였다. 미래는 언제든 바뀔 수 있는 거고 지연의 말이 완전히 옳은 것이라고 확신할 수도 없었다. 지연은 구체적으로 어떻게 결혼을 하고 유학을 포기하는지는 말하지 않았다. 상황은 언제든 바뀔 수 있었다. 지연의 전화가 나비효과가 되어 이미 미래가 바뀌어 있는 건지도 몰랐다.

"오빠, 앞날은 모르는 거지? 미래는 바뀔 수 있는 거지?"

"그게 무슨 말이야?"

"무사히 유학 떠날 수 있겠지? 무사히 유학 마칠 수 있겠지? 교수 될 수 있겠지? 다 내가 노력하기에 달렸겠지?"

혁건이 주스를 마저 비운 후 다시 입을 열었다.

"수진아, 지금 모든 게 걱정되지? 나도 그랬어. 학교 다닐 때도, 입사 준비할 때도, 막상 합격 통보를 받았을 때도. 그게 당연한 거야. 걱정하는 것도 불안해하는 것도 정상이니까 그냥 느껴지는 그대로 느끼고 생각하면 돼. 하지만 그 걱정과 불안에 너무 깊이 빠져들지 않았으면 좋겠어."

수진이 듣고 싶은 말 중 하나였다.

"……고마워 오빠. 정말, 정말 괜찮겠지? 할 수 있겠지?"

"미래는 아무도 몰라. 네가 떠날 수 있을지 없을지, 무사히 학위를 받을 수 있을지 없을지. 너도 나도 아무도 모르는 거야. 갑자기 전쟁이 나서 출국이 금지될 수도 있고, 수진이 네가 공부하는 분야가 갑자기 사라질 수도 있겠지. 신이 아니고서야 미래는 아무도 몰라. 단지 지금의 순간순간에 최선을 다하자는 거야. 주어진 정보 안에서 매 순간 최선을 다하다 보면, 미래는 저절로 만들어져 있을 거야."

혁건의 말은 틀린 구석이 없었다.

"그렇지? 오빠 말이 맞아. 주어진 정보 속에서 최선을 다한다……. 현재 내가 할 수 있는 한에서 열심히 해야겠어."

"그래, 그거면 충분해. 그리고 지금 가진 정보로 봤을 때, 수진이 넌 충분히 잘해낼 거야."

"정말 그랬으면 좋겠다."

꼬르륵.

말소리가 끊어졌다.

"오빠, 배고프지? 맛있는 거 먹으러 가자. 합격한 기념으로 내가 맛있는 거 살게."

좋은 타이밍에 허기가 몰려왔다. 두 사람은 자리에서 일어나 가게 밖으로 나갔다. 스산한 바람이 날카롭게 불고 있었다.

아무도 없는 집에서 수진은 빗소리를 들으며 차를 마시고 있었다. 추적추적 내리는 빗소리와 따뜻한 차 한 잔은 생각을 정리하기에 알맞았다.

수진은 혁건이 유학에 찬성할 줄 전혀 예상하지 못했다. 지연과의 통화 이후 혁건이 유학에 반대하고 결혼을 제안하는 걸 거의 사실로 생각하고 있었다. 생각의 초점은 어떻게 하면 혁건의 반대를 설득하고 혁건과 유학 둘 다 놓치지 않을 수 있을지에만 맞춰져 있었다. 하지만 혁건의 대답은 수진의 그런 예상을 완전히 비껴간 것이었다.

그래서 내심 기쁘면서도 당황스럽고 의심 가면서도 고마웠다. 진심 어린 혁건의 반응에 수진은 혁건에 대한 애정과 고마움이 더 커졌지만 그렇다고 지연에 대한 믿음과 연민이 줄어든 것은 아니었다.

혁건의 반응과 별개로 여전히 수진은 지연을 완전히는 아니지만 나름 믿고 있었다. 혁건과 이야기할 당시에는 혁건의 말을 믿어도 되겠다고 생각했지만 시간이 지날수록 그 생각은 조금씩 흔들렸다. 마치 몽롱한 잠에서 깨 서서히 정신이 또렷해지는 느낌이었다.

수진은 두 가지 큰 줄기를 두고 생각을 좁혀갔다. 하나는 혁건의 반응이 진실일 경우였고 또 하나는 혁건의 반응이 거짓일 경우였다.

혁건의 반응이 진실이라면 문제는 그렇게 복잡하지 않았다. 혁건의 축하 속에 유학을 떠나면 되는 것이었다. 이 경우 유학을 가느냐 마느냐 선택하는 것은 오롯이 수진의 몫이었다. 어쩌면 수진이 가장 걱정하고 있는 미래를 완전히 바꿀 수 있을지도 몰랐다. 혁건과 지연, 둘 모두와 행복한 미래를 만들 수도 있었다. 꿈과 혁건 둘 다 잡을 수 있을 가능성이 높았다. 이럴 경우 크게 걱정할 것은 없었다.

문제는 반응이 거짓인 경우였다. 혁건의 반응이 거짓이라면 문제는 심각해졌다. 왜 혁건은 거짓말을 했을까. 그 이유가 무엇일까. 수진이 생각하기에 가장 가능성이 높은 이유는 단지 그 상황을 모면하고자 한 것이었다.

혁건은 수진이 독일 유학을 위해 얼마나 노력해왔는지 가장 가까운 곳에서 지켜본 사람이었다. 수진은 늘 교수가 되고 싶다는 분명하고 확실한 꿈을 혁건에게 말해왔고 혁건도 그럴 때마다 진심으로 수진을 응원했다. 이런 상황에서 수진의 독일 유학을 쉽사리 반대할 수는 없었을 것이다.

그렇기 때문에 일단 진심인 척 수진을 축하해주고, 서서히 반대 의견을 내세울 계획이었을지도 몰랐다.

혁건이 독일 유학을 반대할 명분은 차고 넘쳤다. 전공 특성상 학위를 받고 돌아와도 교수 되기는 하늘에 별 따기라는 말은 이미 충분히 들어온 터였다. 거기다 요즘엔 어려운 시국이니, 안전이니 하고 말 없을 일도 많았다.

유학 반대는 곧 결혼으로 이어질 가능성이 매우 컸다. 결혼 후 유학을 약속한다 한들, 나중에 혁건이 말을 바꾸고 계속 반대한다면 수진으로서는 모든 것을 포기하고 독일로 떠나기가 분명 쉽지는 않을 것이었다. 그건 곧 지연의 말대로 이루어질 확률이 높다는 뜻이었다. 수진은 그것만은 정말 원치 않았다.

수진은 자신의 꿈을 지키고 혁건과 지연까지 모두 함께할 수 있는 행복한 미래가 있으리라 믿었다. 수진은 선택을 해야 했다.

그러기 위해선 혁건의 뜻을 확실히 알아볼 필요가 있었다. 혁건의 반응을 곰곰이 다시 떠올려보면 그건 분명 진심으로 축하하는 반응이었다. 혁건은 정말 기뻐하고 있었다. 혁건이 정말 혼을 담은 연기를 한 것이 아니라면 그것은 진실된 반응이었다.

하지만 혁건의 반응 하나로 모든 것을 확신하기는 일렀다. 만약 혁건의 반응이 거짓이고 혁건이 유학에 반대하는 생각을 가지고 있다면 혁건과 진지하게 대화를 해봐야 했다. 대화를 통해 혁건을 설득하여 유학을 무사히 떠나거나 끝내 설득이 안 된다면 혁건을 두고 떠나는 수밖에 없었다.

수진은 혁건을 진심으로 사랑했지만 자신의 행복과 꿈, 어쩌면 미래까지 포기하고 혁건에게 모든 걸 헌신하고 싶지는 않았다. 최악의 상황에서 수진은 자신의 행복을 최우선으로 생각하고 싶었다.

혁건의 뜻을 묻는 법은 두 가지가 있었다. 첫 번째는 혁건에게 단도직입적으로 정말 반대하지 않는지 묻는 것이었다. 결혼이나 다른 이유로 혹시 반대하고 있을 경우 솔직하게 말해달라고 말한다면 혁건은 분명 솔직히 자신의 생각을 말할 것이었다. 수진이 보아온 혁건은 그런 사람이었다. 또 다른 방법은 혁건이 말을 꺼낼 때까지 기다리는 것이었다. 혁건이 다른 말을 할 때까지 이대로 수진은 유학 준비를 계속하면 될 일이었다.

애타는 쪽은 혁건이다. 혁건이 유학에 반대한다면 어떤 방식으로든 조만간 그 의사를 표현할 것이었다. 스멀스멀 그 뜻을 내비치거나 어느 날 갑자기 그 뜻을 강력히 보일 수도 있을 것이다. 수진은 그저 그것을 기다리기만 하면 되었다.

마지막 고민은 사실 오래 생각할 일도 없이 간단한 일이었다. 수진은 거의 마음의 결정을 내린 상태였다. 수진의 선택은 기다림이었다. 수진은 아쉬울 것이 없었다. 기다리다 보면 혁건이 반응을 보일 것이었다. 수진은 혁건을 기다리기만 하면 되었다.

유학 준비로 이것저것 신경 쓸 일이 많은데 수진은 굳이 일어나지도 않은 일로 머리를 쓰기 싫었다. 수진은 남아 있던 차를 전부 한입에 털어 삼키고 일어났다. 여전히 창밖에는 비가 내리고 있었다. 수진은 빗소리를 뒤로 한 채 자신의 방으로 들어갔다.

1999.11.

끝나가는 가을이 아쉽다는 듯 그날은 차가운 비가 세차게 내리고 있었다. 유학 준비에 한창이던 수진은 그날도 정신 없는 하루를 보내고 있었다.

예보에 없던 거센 빗소리에 문득 정신을 차려보니 시계는 오후 세 시를 지나고 있었다. 창밖은 어두웠고 빗물은 연신 창문을 두드렸다. 음산한 날씨였다. 수진은 문득 혁건이 걱정되기 시작했다. 혁건은 차 엔진에 문제가 생겨 수리를 맡기는 바람에 요즘 자가용 대신 대중교통으로 출퇴근을 하고 있었다.

일기예보에도 비 소식이 없었고 출근 시간대에도 날씨가 맑았기 때문에 혁건이 우산을 챙기지 않았을 가능성이 매우 높았다.

빗소리는 점점 강해졌고 수진의 걱정도 점점 커져갔다. 비 오는 날 우산 없는 퇴근길이 얼마나 축축하고 찝찝한지 수진은 잘 알았다. 수진은 고민 따위 하지 않았다. 혁건이 떠올랐을 때 이미 수진은 혁건에게 가져다 줄 여분의 우산을 챙기고 있었다.

나갈 준비를 마친 수진은 거실로 가 전화기를 집어 들었다. 우산을 가져다 주겠다고 혁건에게 미리 말할 셈이었다. 하지만 몇 초간 수화기를 들고 있던 수진은 말없이 전화를 끊었다.

굳이 혁건에게 말해야 하나 싶은 생각이 들었다. 수진이 비를 뚫고 회사로 간다고 하면 혁건은 분명 수진을 말릴 것이었다. 수진은 혁건에게 괜한 걱정을 끼치고 싶지 않았다. 회사에 도착해서 잠깐 내려와달라고 말하면 될 일이었다.

수진은 혁건에게 꼭 우산을 전해주고 싶었다. 혁건이 비에 젖은 채로 퇴근하는 게 싫기도 했지만 결정적으로 수진은 혁건이 보고 싶었다.

수화기를 내려놓은 수진은 우산을 두 개 챙겨 집을 나섰다. 그새 더 굵어진 빗줄기가 무서운 소리를 내며 쏟아지고 있었다.

우산을 펼치자마자 빗물이 사정없이 우산을 두들겼다. 날씨는 서늘했다.

그리 멀지 않은 정류장에 도착했을 때 수진의 신발은 이미 축축하게 젖어 있었다. 차들이 모두 밝게 라이트를 켠 채로 달리고 있었다. 비가 온 탓에 아직 오후였는데도 온 세상이 컴컴한 회색빛이었다. 버스는 좀처럼 올 기미가 보이지 않았다. 아마 방금 떠난 모양이었다. 정류장엔 아무도 없었다.

수진은 조용히 버스를 기다렸다. 빗소리와 자동차 소리만 가득한 버스정류장에서 멍하니 기다리는 것 외에 수진이 할 수 있는 건 없었다.

수진의 앞으로 택시 한 대가 빠르게 지나갔다. 택시가 지나가며 물이 튀어 오르는 찰나의 순간, 수진은 뒷걸음질치며 몸을 뒤로 피했다. 튀어 오른 빗물은 아슬아슬하게 수진 앞에 떨어졌다. 하마터면 옷이 다 젖을 뻔한 순간이었다. 택시가 지나간 이후 수진은 도로에서 멀찍이 떨어져 버스를 기다렸다. 갑작스런 호우에 길이 많이 막혔는지 버스는 평소보다 한참 늦게 도착했다.

버스에 올라탄 수진은 지갑을 열어 교통카드를 찾았다. 작년부터 본격적으로 보급화된 교통카드는 현금보다 훨씬 편리했다. 하지만 아무리 뒤져봐도 카드는 보이지 않았다. 당황한 수진은 하는 수 없이 동전 지갑을 열었다. 지갑 속엔 동전들이 제법 있었다. 구석에 버스 토큰도 보였다.

"기사님, 토큰도 쓸 수 있나요?"

수진이 혹시나 하는 마음에 물었다.

"아뇨, 토큰은 이제 안 됩니다. 10월 1일부터 폐지됐어요."

버스기사가 안내문을 가리키며 말했다.

현금을 낸 후 수진은 최대한 젖지 않은 좌석으로 가 앉았다. 버스 안은 따뜻했다. 수진은 창문에 머리를 기댄 채 눈을 감았다. 버스 엔진소리, 빗소리, 라디오 소리 따위가 들려왔다.

라디오에선 대우그룹에 대해 이야기하고 있었다. 각 분야의 전문가라는 사람들이 모여 대우의 몰락에 대해 분석하고 가까운 미래를 예측했다. 부도니, 대마불사니 하는 단어들이 연신 흘러나왔다. 재벌 총수의 해외도피라는 새로운 소식도 들려왔다. 수진은 모든 이야기를 한 귀로 흘려보냈다.

IMF로 인한 기업들의 도산 소식에 이제 면역이 생길 지경이었다. 수진은 저런 기업들보다 자신의 앞날이 더 걱정이었다. 인류는 새천년을 향해 달려가고 있었지만 경제는 내리는 빗물처럼 빠르게 곤두박질치고 있었다.

수진은 회사 앞 버스정류장에서 내렸다. 여전히 비가 많이 내리고 있었다. 아직 저녁 시간이 되려면 시간이 조금 남았지만, 거리는 이제 밤처럼 완전히 어두웠다.

수진은 능숙하게 정류장 오른쪽 길을 따라 걸었다. 혁건의 회사라면 몇 번 와본 적이 있었다. 하얗게 불을 밝힌 고층 빌딩들 사이에 유독 높은 혁건의 회사 건물이 멀리서부터 보였다.

5분 정도 빗길을 걷자 커다란 유리로 된 건물 입구가 나타났다. 수진은 건물 입구 가운데에 빙글빙글 돌아가고 있는 육중한 회전문에 들어섰다. 건물 로비는 우중충한 날씨와는 다르게 바쁘게 움직이는 사람들로 에너지가 넘쳤다. 차갑던 수진의 몸도 덩달아 빠르게 데워졌다. 로비는 버스 안 만큼이나 따뜻했다. 수진은 곧장 안내데스크로 다가갔다.

"안녕하세요."

"안녕하세요, 무엇을 도와드릴까요?"

직원의 미소는 모범적이었다. 깔끔한 유니폼이 인상적이었다.

"우산을 전해주러 왔는데요. 14층 총무부 김혁건입니다."

"네. 누구시라고 전해드릴까요?"

"아, 한수진이라고 해주세요."

"네, 잠시만 기다려주세요."

직원은 친절을 잃지 않으며 수화기를 집어 들었다.

"네, 로비입니다. 김혁건 주임님 계신가요?"

수진은 혁건을 만날 생각에 부풀었다. 오후 업무 하면서 먹을 간단한 디저트라도 사올걸 그랬나 하는 생각이 짧게 머리를 스쳤다.

"아 네, 알겠습니다."

수진은 반짝이는 눈으로 수화기를 내려놓는 직원을 바라보았다. 직원의 친절한 미소가 서서히 난처한 웃음으로 바뀌었다.

"김혁건 주임님 오늘 대구 출장으로 자리 비우신 상태라고 합니다."

"네? 출장이요?"

수진이 놀란 목소리로 되물었다.

수진은 혁건의 출장에 대해 들은 것이 아무것도 없었다. 지난 주말에 만났을 때도, 심지어 어제 통화에서도 혁건은 출장에 대해서 한마디도 하지 않았다. 정말 금시초문이었다. 출장, 그것도 대구로의 출장을 혁건이 알리지 않을 리가 없었다. 수진은 당황스러워 어찌해야 할지 몰랐다.

"대구에 왜 간 건가요? 누구랑 갔는지 알 수 있을까요?"

"업무상 구체적인 내용은 저희 쪽에서도 파악하기가 어렵습니다. 죄송합니다."

"아, 아……. 네, 감사합니다."

수진은 엉거주춤 뒤로 물러났다. 직원의 얼굴엔 난처한 미소가 만연했다. 수진은 고개를 한 번 꾸벅 숙인 후 황급히 뒤돌아 안내데스크를 떠났다. 뒤에서 수군거리는 소리가 들리는 것만 같았다. 수진의 심장이 빠르게 뛰었다. 온몸의 피가 얼굴로 쏠리는 것 같았다. 등을 중심으로 땀이 일시에 퍼져나갔다. 수진의 발걸음이 빨라졌다.

말도 없이 대구로 출장을 가다니 당황스러움과 난처함, 놀라움, 궁금증이 한꺼번에 밀려왔다. 도대체 왜 혁건은 말도 없이 대구로 출장을 갔는지 모를 일이었다. 수진이 아는 혁건은 아무리 회사 업무라고 해도 말도 없이 대구로 출장을 떠날 사람이 아니었다.

수진은 일단 입구 쪽으로 걸어갔다. 유리문 밖으로는 여전히 비가 세차게 내리고 있었다. 빗줄기는 들어오기 전보다 더 굵어진 것 같았다. 간간이 큰 소리를 내며 천둥도 치고 있었다.

마치 요동치는 수진의 심장소리 같았다. 이 입구를 나가면 어디로 가야 할지 몰랐다. 수진은 주위를 둘러 보았다. 여전히 로비에는 많은 사람들이 있었다.

수진은 일단 혁건에게 연락해 어떻게 된 일인지 묻고 싶었다. 지금 이 상황에서 혁건의 말이 제일 궁금했다. 수진은 공중전화를 향해 빠른 걸음으로 걸어갔다. 다행히 공중전화는 비어 있었다. 화면 속 50이라는 숫자와 함께 수화기가 전화 위에 놓여 있었다. 이 와중에 소소한 행운이었다. 수진은 수화기를 집어 들고 동전을 집어넣었다. 혁건의 핸드폰 번호를 누르는 수진의 손이 살짝 떨렸다.

신호음이 여러 번 울렸지만 혁건은 좀처럼 전화를 받지 않았다.

뚜르르 하는 신호음만 몇 번이고 울렸다. 수진은 수화기를 내려놓았다가 다시 전화를 걸었다.

이번에도 혁건의 응답은 없고 신호음만 계속해서 울렸다. 수진은 한참 동안 수화기를 들고 있다가 결국 내동댕이치다시피 전화를 끊었다. 전화마저 받지 않자 수진의 기분은 결국 불안함과 짜증이 뒤섞여 바닥을 쳤다. 수진은 화가 났다.

수진은 나지막이 한숨을 내뱉었다. 열기가 그대로 숨결에 묻어나왔다. 어느새 뒤로 줄을 서 있는 사람들을 보고 수진은 얼른 공중전화를 나왔다. 이따금 멀리서 천둥소리가 들렸다. 잠시 골똘한 표정을 짓던 수진은 다시 공중전화로 가 줄을 섰다.

줄은 빠르게 줄어들었다. 자신의 차례가 되었을 때 수진은 다시 수화기를 들고 동전을 넣었다. 그리곤 외투에서 작은 수첩을 꺼내 펼쳤다. 전화번호가 빼곡히 적힌 수첩이었다. 수진은 수첩을 보며 전화 다이얼을 하나하나 눌렀다.

이번 신호음은 그리 길게 울리지 않았다.

"감사합니다, 총무부 문정환 대리입니다."

"안녕하세요, 저 김혁건 주임 여자 친구 한수진이라고 합니다. 뭐 하나 여쭤볼 게 있어서 전화드렸습니다."

"네, 안녕하세요. 지금 김혁건 주임은 출장 중인데…… 무슨 일이신가요?"

"네, 그것 때문에 연락드렸습니다. 오늘 대구 출장을 갔다고 들었는데 혹시 언제 갔는지 알 수 있을까요?"

"아, 오늘 오전에 떠났습니다. 아마 내일 저녁쯤 서울에 도착할 거예요."

"감사합니다. 혹시 누구랑 갔나요? 혼자 갔나요?"

"정아영 대리와 공동 업무라 같이 갔습니다."

"다른 사람은 없이, 둘만 간 건가요?"

"네. 혹시 어떤 것 때문이신가요? 김 주임이 따로 말씀 안 드렸나요?"

"아, 아니요. 알고 있었습니다. 잠깐 전화를 안 받아서 혹시나 해서 연락드렸어요. 감사합니다."

수진은 서둘러 전화를 끊었다. 정아영 대리라면 평소 혁건이 말하던 정 대리, 바로 그 사람이었다. 말도 없이 여자 직원과 지방으로 1박 2일 출장이라니, 수진은 찝찝하고 화가 나기 시작했다. 수진의 기분은 점점 의심과 분노로 바뀌어가고 있었다.

기분이 엉망진창이 되어갔다. 빗물에 푹 젖은 양말 따위는 지금 안중에도 들어오지 않았다.

수진은 한숨을 내쉰 뒤 입구를 향해 걸어갔다. 일단 집으로 가야 했다. 여기 있어봤자 아무것도 할 수 있는 게 없었다. 갈 곳도 없었다. 집에 가고 싶었다.

로비 출입문을 열자 매서운 비바람이 수진을 맞아주었다. 빗물이 얼굴을 사납게 두드리는 동안 수진은 젖은 우산의 비닐을 벗기고 버튼을 당겨 우산을 폈다. 바깥은 아까 이곳에 도착했을 때보다 훨씬 캄캄해져 있었다. 수진은 한숨을 한 번 더 내쉰 뒤 길을 나섰다.

퇴근 시간이 가까워져서인지 아까보다 사람들이 많았다. 공기가 차가웠다. 비가 와서인지 하얀 입김도 뿜어져 나왔다. 다행히 버스는 금방 왔지만 버스엔 자리가 없었다. 수진은 점점 예민해져갔다. 짜증이 몰려오기 시작했다. 버스가 흔들릴 때마다 비에 젖은 우산들이 수진을 건드렸다. 수진은 짜증을 삼긴 채 멍하니 창밖만 응시하였다. 그저 빨리 집에 가고 싶을 뿐이었다. 버스는 더디게 굴러갔다. 버스 유리창에는 뿌옇게 김이 서렸다.

간신히 버스에서 내린 수진은 다시 우산을 펼치고 집으로 향했다. 다른 한 손에 들린 여분의 우산이 유독 무겁게 느껴졌다. 조금만 더 가면 집이었다. 수진은 어서 빨리 집에 가고 싶다는 생각밖에 없었다.

겨우 집에 도착한 수진은 우산을 그대로 현관에 내팽개친 채비에 젖은 옷을 벗어 던졌다. 그리곤 곧바로 욕실로 직행했다. 아무 생각도 하기 싫었다.

샤워기에서 뜨거운 물이 쏟아져 나왔다. 수진은 마치 빗속에 서 있는 것처럼 따뜻한 물줄기를 맞았다. 복잡한 생각들이 물줄기를 따라 씻겨 내려가길 바랐다.

샤워를 마친 수진은 몸과 머리를 대충 말린 후 뽀송한 옷으로 갈아입고 침대에 억지로 몸을 던졌다. 그리고 눈을 감았다. 아직 완전한 밤이 되기까진 시간이 조금 남아 있었지만 수진은 아무것도 하기 싫었다.

누워 있는 사이 전화벨 소리가 울려 다급하게 받았지만 아쉽게도 혁건은 아니었다.

캄캄한 방에 한참을 누워 있던 수진은 전화기로 다가가 수화기를 집어들었다. 혁건에게 다시 한번 전화를 걸어볼 셈이었다. 수진은 다이얼 버튼을 하나씩 눌렀다. 하지만 이번에도 혁건의 목소리는 들을 수 없었다.

'전원이 꺼져 있어……'

수화기 너머로는 혁건의 전화가 꺼져 있다는 안내만 반복됐다. 수진은 수화기를 던져버리고 싶은 마음을 꾹 참고 수화기를 조심스레 내려놓았다.

저녁 시간이었지만 수진은 전혀 허기가 지지 않았다. 이 상황을 어떻게 받아들여야 할지 몰랐다. 창밖처럼 비가 쏟아져 머릿속을 씻겨줬으면 했다. 수진은 소파에 주저 앉아 TV를 틀었다. 영화 '중경삼림'이 방영되고 있었다.

수진은 불 꺼진 거실에 앉아 멍하니 화면을 바라보았다. 영화 내용은 머릿속에 들어오지 않았다. 그저 빗소리를 막아줄, 머릿속을 지워줄 무언가가 필요했을 뿐이었다. 수진은 도대체 혁건이 왜 이러는지 모를 노릇이었다.

지연의 이야기도 문득 떠올랐다. 혁건을 어떻게 하면 좋을지 몰랐다. 우선 대화가 필요했다. 왜 그랬는지, 무슨 일이 있었는지, 할 말은 없는지 들어보고 화를 내든 욕을 퍼붓든 아니면 이해를 하든, 뭐든 해야 했다. 그런데 연락 자체가 안 되니 그저 답답해하고만 있어야 하는 지금이 화가 났다.

온갖 생각이 머릿속에 떠올랐다 사라졌다. 혹시 무슨 사고가 난 게 아닐까 하는 걱정마저 들었다. 수진은 황급히 TV 채널을 돌려보았다. 큰 사고라면 TV 속보나 뉴스에 나올 것이었다. 다행인 건지 채널 한 바퀴를 다 돌았는데도 사고 소식은 없었다.

결국 수진은 다시 중경삼림으로 돌아갔다. 화는 쉽사리 사그라들지 않았지만 딱히 할 수 있는 것도 없어 한숨만 계속 나왔다. 수진은 생각을 비우기 위해 억지로 TV에 집중했다. 처음엔 눈에 들어오지 않았지만 계속 보니 영화는 나름 흥미로웠다. 특히 양조위의 미모가 대단했다. 영화 속 양조위는 정말 잘생기게 나왔다. 혁건만큼 잘생겨 보였다.

수진은 이 상황에서도 혁건이 생각나는 자신이 싫었다. 수진은 잡생각을 막기 위해 끝까지 영화에 집중했다. 영화는 재밌었다. 지금의 축축한 날씨와 잘 어울리는 영화였다. 영화가 끝날 무렵 퇴근한 엄마가 돌아왔다. 수진은 저녁을 대충 때웠다고 둘러댄 후 방으로 들어갔다. 그리곤 침대에 누워 억지로 눈을 감고 빨리 내일이 오기만을 기다렸다.

혁건과 연락이 닿은 건 그 다음 날 오후나 되어서였다. 빗소리에 잠을 설친 탓에 수진은 아침이 다 지나갈 무렵에 눈을 떴다. 어제만 하더라도 눈을 뜨자마자 혁건에게 전화하려고 마음먹던 수진은 의외로 바로 전화기로 뛰어가지 않았다.

대신 늦은 아침을 먹고 충분히 씻은 후 TV를 틀었다. 다행히도 밤사이 별다른 사고 소식은 없었다. TV는 평소와 같았다.

언제 비가 왔냐는 듯 창밖은 화창했다.

수진은 거실 창문을 열고 공기를 잔뜩 들이마셨다. 시원한 바깥 공기는 마치 얼음을 삼키는 것 같았다. 상쾌한 바깥바람을 쐬니 수진은 산책이 하고 싶어졌다. 충분히 예상되는 혁건과의 말다툼으로 감정을 소모하기 전 최대한 일상을 즐기고 싶었다.

출근 시간이 한참 지난 평일 낮 거리는 한가로움 그 자체였다. 이런 여유로움은 언제 느껴도 좋은 것이었다. 수진은 혼자 걷는 산책 시간을 좋아했다. 거리 곳곳에는 가을이 남겨두고 떠난 흔적들이 남아 있었다.

산책하는 동안 수진은 걷고 싶은 곳을 걷고 앉고 싶은 때에 앉고 먹고 싶은 것을 먹었다. 순간순간의 감정과 생각에 충실했다. 겨울도 나름 상쾌한 맛이 있었다.

수진이 집으로 돌아왔을 땐 점심 시간이 거의 끝나갈 무렵이었다. 수진은 곧장 따뜻한 커피를 한잔 타서 소파에 앉았다. 두 손으로 잔을 감싸고 따뜻한 기운을 느꼈다. 괜한 흥분은 도움이 안 될 것 같았다.

충분히 시간이 지났을 때 수진은 전화기를 집어 들었다. 집엔 아무도 없었다. 전화하기 딱 좋은 시간이었다. 수진은 어제보다는 느려진 손가락으로 담담하게 혁건의 전화번호를 눌렀다. 혹시 아직도 전화가 꺼져 있지 않을까 하는 걱정이 앞섰지만 불행인지 다행인지 연결음이 이어지고 곧바로 누군가 전화를 받았다.

"네, 김혁건입니다."

"오빠, 나야."

수진은 평온한 목소리로 말했다.

"수진이구나. 집이야? 점심은 먹었어?"

혁건의 말투도 평소와 같았다. 평소와 전혀 다를 바 없는 모습에 수진은 혹시 어제 일이 꿈이었나 착각할 정도였다.

"아직. 오빠는 밥 먹었어? 회사야?"

"응, 나는 먹었지. 방금 사무실 들어왔어. 왜 아직 밥 안 먹었어? 늦게 일어났어?"

통화 내용은 여느 때와 다르지 않았다.

"응, 그냥 아직 배가 안 고프네. 뭐 먹었어?"

"회사 앞에 제육볶음집 새로 생겼는데 맛있더라, 괜찮았어. 배 안 고파?"

수진은 혁건이 먼저 어제 일을 꺼내길 바랐다. 혁건의 시시콜콜한 얘기들이 이해가 되지 않았다. 점심 메뉴 따위 얘기를 할 때가 아니었다. 당장 어제 일을 설명하기에도 모자란데, 심지어 수진이 먼저 연락을 했는데도 혁건의 반응은 고작 점심 이야기였다.

"어제 비 정말 많이 오더라 깜짝 놀랐어. 어제 잘 들어갔어?"

수진은 다시 한번 기회를 주었다.

"맞아, 비 많이 오더라. 수진이 너는 별일 없었지?"

혁건은 또 한 번 수진의 기대에 어긋났다.

"응, 오빠 오늘도 야근이야?"

"응, 아마도. 요즘 연말이다 뭐다 해서 많이 바쁘네."

"그래? 그럼 오늘 야근하기 전에 저녁 같이 먹을까? 내가 거기로 갈게."

전화로는 안 될 것 같았다.

"저녁? 그래 좋아. 이따가 여섯 시까지 회사로 올래?"

"그래, 그때 보자."

혁건은 끝까지 평소와 똑같았다. 수진은 천천히 수화기를 내려놓았다. 혁건은 분명 수진이 어제 일을 모른다고 생각하고 있는 것이 틀림없었다. 통화를 끝내고 나자 더 알 수 없어졌다. 수진은 혁건이 전화를 받자마자 어제 일을 설명할 거라 생각했지만 대화 내용은 수진의 예상과 전혀 다른 방향으로 흘러갔다.

수진은 가만히 정리를 해보았다. 수진과 혁건은 서로 연락에 집착하는 스타일이 아니었다. 수진에게는 수시로 연락할 수 있는 휴대폰이 없었고 혁건도 회사 일이 바빠 다른 커플들처럼 하루 종일 연락을 하기 어렵기도 했다. 하지만 혁건과 수진은 연락을 많이 하는 게 서로의 마음을 표현하는 거라 생각하지 않았다. 얼굴을 보고 만나는 게 더 중요했고 무엇보다 서로에겐 믿음이 있었다. 그래서 하루에 한 번도 연락하지 않는 날도 종종 있었다.

하지만 어떤 특별한 일이 있을 때는 꼭 서로에게 연락하는 편이었다. 가령 회사 야근이 늦어진다거나, 친구들과의 약속이 있다거나, 자동차가 고장이 났다거나 하다못해 벚꽃이 예쁘게 핀 걸로도 연락했다. 그러니 평소대로라면 혁건은 대구 출장에 대해 바로 수진에게 얘기했어야 했다. 하지만 혁건은 그러지 않았다. 일부러 연락하지 않은 것이었다.

수진의 생각엔 어물쩍 넘어가려 연락을 안 한 게 가장 가능성 있는 이유 같아 보였다.

아까 마신 커피 때문에 입안이 텁텁했다.

혁건이 왜 대구 출장을 알리고 싶어 하지 않았는지, 왜 숨기고 싶어 했는지는 대충 짐작이 갔다. 자세한 건 이따 저녁에 만나서 물어볼 심상이었다.

수진은 시원한 물을 한잔 마신 후 냉장고를 살펴보았다. 끼니를 챙길 요량이었다. 집에 딱히 먹을 건 없었다. 이럴 때 먹으려고 사 두었던 만두는 유통기한이 지난 지 오래였다. 수진은 냉동실에서 만두를 꺼냈다. 만두는 얼음처럼 꽝꽝 얼어 있었다. 수진은 잠시 만두를 바라보았다. 차가운 만두는 하얀 냉기를 뿜어내고 있었다. 손가락이 점점 차가워지고 있었다. 수진은 과감히 만두를 쓰레기통에 버렸다. 꽁꽁 언 만두가 쓰레기통에 떨어지며 둔탁한 소리를 냈다. 수진은 뒤돌아보지 않고 옷을 챙겨 집 밖으로 나갔다. 신선한 재료를 사서 점심을 만들어 먹을 생각이었다. 따뜻한 국물 요리가 생각났다.

수진은 버스에서 내려 길을 걸었다. 어제와는 다르게 회사로 가는 길은 축축하지도 매섭지도 않았다. 꼭 하루 만에 어제 걸었던 길을 그대로 또 걷고 있자니 기분이 이상했다.

어젯밤 쏟아진 비로 먼지가 다 쓸려 나갔는지 길가는 말끔했다. 멀리서 혁건의 회사가 보였다. 저물고 있는 태양의 끄트머리가 회사 유리창에 옅게 비치고 있었다.

수진은 커다란 유리문을 밀고 들어갔다. 퇴근시간과 맞물려서인지 로비는 어제보다 훨씬 많은 사람들로 붐볐다. 시간은 6시를 막 지나고 있었다. 혁건의 모습은 보이지 않았다. 수진은 익숙한 공중전화를 지나 안내데스크로 걸어갔다. 안내데스크 직원은 어제와 똑같았다.

"무엇을 도와드릴까요?"

안내데스크 직원은 어제와 똑같은 상냥한 톤으로 수진에게 인사했다.

"총무부 김혁건 주임 만나기로 했습니다."

순간 직원의 얼굴에 당황한 기색이 어렴풋이 지나간 것 같은 느낌이 들었다.

"네, 잠시만 기다려주세요."

직원은 이번엔 수진의 이름을 묻지 않았다. 곧바로 어딘가로 전화를 걸더니 금방 전화기를 내려놓았다.

"김혁건 주임님 지금 바로 내려오신다고 합니다."

친절한 웃음은 여전했다.

수진은 엘리베이터들이 일렬로 늘어져 있는 곳을 응시했다. 혁건은 아마도 저 엘리베이터 중 하나를 타고 내려올 것이다.

안내데스크 직원을 포함하여 이곳에 있는 사람들은 각자 업무에 여념이 없었다. 아무도 수진에게 관심을 주지 않았다. 하지만 수진은 안내데스크에서 자신을 의식하고 있다는 느낌을 지울 수 없었다. 자꾸만 어제 일이 생각났다. 안내데스크 직원들이 흥미진진한 전개를 앞두고 잔뜩 기대하고 있다는 느낌이 들었다. 수진은 애써 그들의 시선에서 등을 돌린 채 혁건을 기다렸다.

여러 의미로 수진은 혁건을 빨리 보고 싶었다. 혁건은 생각보다 금방 모습을 나타냈다. 빳빳한 정장에 피곤이 묻어 있는 얼굴, 수진이 익숙하게 알고 있는 혁건의 모습이었다. 혁건은 수진을 발견하고 웃으며 빠른 걸음으로 수진에게 다가왔다.

"수진아, 왔어?"

혁건의 목소리에는 반가움이 잔뜩 묻어 있었다.

"응, 빨리 나왔네. 시간 괜찮아?"

"응 괜찮아. 밥 먹는 시간인데 뭐. 뭐 먹을까?"

"일단은 나가자. 나가면서 정하자."

혁건은 평소와 똑같았다. 당황하거나 미안한 기색도 없었다.

"요즘 많이 바빠?"

"그냥 평소랑 비슷하지, 항상 바빴으니까. 하하."

두 사람은 따스한 로비를 지나 밖으로 나갔다. 커다란 유리문을 지나자마자 찬바람이 두 사람을 감쌌다.

"춥네. 이제 진짜 겨울인가 보다."

혁건이 한껏 몸을 움츠리며 말했다.

"춥다. 그래도 어제처럼 비가 안 와서 다행이야."

"응, 그렇네. 뭐 먹을까? 여기 근처에 중국집도 있고, 순대국이나 분식도 있고……."

수진은 혁건이 방금 비 왔단 이야기를 얼버무렸다는 느낌을 지울 수 없었다.

"……."

수진의 침묵에 혁건은 힐끔 수진을 바라보았다.

"아, 내가 너무 점심 메뉴만 말했지? 어…… 저기 피자도 있고 초밥도 있고……."

"오빠."

혁건의 딴소리를 더 이상은 참기 힘들었다. 수진의 목소리가 낮게 깔렸다.

"응?"

"나한테 뭐 할 말 없어?"

"할 말? 어……."

수진은 혁건이 먼저 말해주기만을 끝까지 기다렸지만, 돌아온 것은 실망스러운 모습뿐이었다.

"어제 어디 갔었어?"

결국 수진이 먼저 이야기를 꺼냈다.

"어, 어제?"

혁건의 목소리가 눈에 띄게 떨렸다. 수진은 침묵으로 기다렸다.

"출장…… 잠시 갔었어."

"출장? 잠시?"

혁건의 대답이 기가 차다는 듯 수진은 곧바로 되물었다.

"응."

혁건은 이제야 수진이 찾아온 이유를 눈치챈 것 같았다. 당황했는지 혁건은 괜히 머리를 쓸어올리며 안절부절못하는 모습이었다.

"어디로 갔는데? 왜 말 안 했어?"

"그냥 회사 업무니까. 굳이 말 안했지."

"어디로 갔냐고 물었잖아."

수진의 목소리는 바람보다 차가웠다.

"대구…… 갔었어."

혁건의 목소리에 망설이는 티가 역력했다.

"근데 왜 말 안 했어? 왜 연락 한 통 없었어? 그냥 단순 업무라고? 그래서 안 했다고? 그게 지금 말이 된다고 생각해?"

"그게, 그러니까…… 수진이 너도 요즘 유학 준비로 바쁘기도 하고…… 그냥 별일 아니고 업무니까……."

"……."

수진은 침묵했다. 찬바람이 연신 두 사람을 때렸지만 수진의 표정에는 미동도 없었다. 수진은 굳은 표정으로 길 너머를 바라보았다.

"수진아, 날도 추운데 여기서 이러지 말고…… 어디 들어가자. 너 감기 들겠다."

수진은 피식 헛웃음이 나왔다. 이 순간에 감기 타령이라니, 혁건이 진심으로 하는 말인지 수진은 헷갈렸다. 수진은 고개를 돌린 후 먼저 발걸음을 내디뎠다.

커피를 마주 놓고 앉은 두 사람 사이에 한참 정적이 흘렀다. 매장 음악 소리가 크게 울리고 있었지만 수진의 귀에는 아무것도 들리지 않았다.

"춥지? 따뜻한 거 마셔."

보다 못한 혁건이 먼저 조심스럽게 입을 열었다.

"말해."

수진이 혁건을 노려보며 말했다.

"응?"

"말하라고."

"그게…… 수진아."

"뜸 들이지 말고 빨리 말해. 대구 간 거 왜 말 안 했냐고!"

수진의 목소리에는 날카롭게 날이 서 있었다.

"그게, 급하게 간 출장이기도 했고…… 대구에 도착했을 때 핸드폰 배터리가 다 떨어졌었어……. 일이 끝나고 확인했을 때는 너무 늦었고 그래서……."

혁건이 커피를 한 모금 홀짝였다.

"그래서 안 했다고?"

수진은 황당했다.

"전화할 타이밍도 놓쳤고, 일도 바빴고, 핸드폰 배터리도 떨어진 상황이었어. 운전도 해야 했고. 그뿐이야, 정말."

혁건의 입에서 끝까지 정 대리의 이야기는 나오지 않았다. 수진은 더 이상 화를 참기 어려웠다.

"그게 변명이 된다고 생각해? 말도 없이 이틀 동안 대구에 다녀왔으면서 한마디도 안 했는데, 그게 다라고? 아무리 회사 일이고 바빴다지만 말이 안 되잖아. 그리고 왜 정 대리 얘기는 안 해? 둘이 간 거 내가 모를 줄 알았어? 왜 정 대리 얘기만 쏙

빼놓고 얘기하냐고."

아직 손도 대지 않은 커피 잔에서 따듯한 김이 피어올랐다.

"수진이 네가 무슨 걱정하는지 알겠는데, 그냥 진짜 일하러 간 거고 아무 일도 없었어. 말할 타이밍도 놓쳤고, 굳이 말을 해야 되나 싶었어."

혁건은 의외로 정 대리 이야기에 당황하지 않는 듯했다.

"그게 끝이야? 난 도저히 이해가 안 가는데, 오빠는 그렇게 쉽게 넘어갈 문제야?"

"⋯⋯."

두 사람 사이에 다시 정적이 흘렀다.

"후⋯⋯."

커피 잔을 집어 들던 수진의 눈에 혁건의 손이 얼핏 보였다. 테이블 위에 두 손을 올려둔 채 혁건은 주먹을 꽉 쥐고 있었다.

"더 할 말 없어?"

이번에도 수진이 먼저 물었다.

"내가 말 안 한 건 미안해. 그런데 진짜 아무 일도 아니라고 생각해서 그랬어. 그냥 회사 일이니까. 괜한 걱정 시키기 싫어서 말 안 한 거야. 정말 아무 일도 없었으니까. 근데 이렇게 될 줄 알았으면 그냥 말할걸 그랬다."

풀이 죽어 있는 혁건의 표정과 다르게 주먹 쥔 혁건의 손핏줄은 터질 것만 같았다.

"그게 다라고?"

"그래. 그게 다야."

혁건은 커피를 한 모금 마신 후 나지막이 한숨을 내뱉었다.

"후."

"그러니까, 별일도 아닌데 그까짓 거 얘기 안 하면 어떠냐, 회사 일이다. 그것도 이해 못 하냐, 이 말이야?"

혁건은 천천히 고개를 들어 수진을 말없이 바라보았다. 조금 전까지 미안해하고 난처해하던 표정은 어느새 사라지고 없었다.

수진은 혁건의 눈길을 무시한 채 커피를 한 모금 마셨다. 커피는 미지근하게 식어 있었다. 두 사람 사이에는 다시 짙은 침묵이 가라앉았다. 혁건은 여전히 주먹을 쥔 채로 저멀리 걸려 있는 시계를 흘끔흘끔 쳐다보았다.

"오빠?"

혁건은 대답 대신 수진을 바라보았다.

"지금 화나지? 이게 뭔가 싶지? 다 사정이 있는 건데, 별것도 아닌 걸로 지랄한다, 싶지?"

"아니, 지금 그게 무슨……."

혁건의 눈이 커졌다.

"오빠 표정이나 행동만 봐도 다 알아. 그냥 여기 앉아 있는 것도 불편하지? 빨리 이 상황을 빠져나가고 싶지?"

"미안해."

갑작스런 혁건의 사과를 수진은 무시했다.

"오빠 정말로 내가 모를 거라고 생각했어? 그래서 그렇게 능청맞게 굴었던 거였어? 내가, 내가 말없이 정아영 대리랑 둘이서 대구 갔다는 이야기 듣고 얼마나 화가 나고 어이없고 비참했는지 알아? 내가 어디서 들었겠어? 내가 어떻게 들었겠어? 비를 쫄딱 맞은 기분이었다고. 그런 내 기분을 알기나 하겠어?"

"……."

"그 얘기를 듣고 연락도 안 되던 그날 밤에 내 마음이 어땠을 거 같아? 화도 나고 짜증도 나다가 나중엔 별별 생각이 다 들더라. 혹시 뭐가 잘못된 거 아닐까, 사고라도 난 거 아닐까, 하고. 대체 무슨 생각으로 그런 거야 오빠는? 나한테 왜 이래?"

"진짜 미안해."

"혹시 일부러 그러는 거야? 뭐 내가 잘못했어? 아님 내가 싫어졌어? 그만 만나고 싶어서…… 그래서 일부러 이러는 거야? 어?"

머릿속에 지연의 말이 순간 떠올라 수진은 울컥했다.

혁건은 시선을 떨군 채 말이 없었다.

"미안해. 정말 그런 거 아니야."

수진은 식어버린 커피에 손도 대고 싶지 않았다. 더는 이 자리에 앉아 있을 이유가 없어졌다.

"가."

"응?"

"가라고. 지금 여기 있을 정신 아니잖아. 계속 이러고 있을 거야? 할 말도 없잖아."

"수진아."

혁건은 짐을 챙기고 일어나려는 수진의 이름을 불렀지만, 그뿐이었다. 더는 수진을 붙잡지 않았다.

"그럼 내가 먼저 갈게. 할 말 생기면 그때 연락해."

수진은 자리를 박차고 일어났다. 한 걸음, 한 걸음 두 사람의 거리가 멀어져갔다. 혁건은 온기가 거의 사라진 커피 잔을 매만질 뿐이었다. 수진이 카페 문을 열자마자 매서운 바람이 휘몰아쳤다.

수진은 어제 본 중경삼림 속 명대사가 머릿속에 떠올랐다. 사랑의 유효기간이 끝이 났다.

1999. 겨울.

그날 이후 수진의 하루하루는 눈코 뜰 새 없이 흘러갔다. 코앞으로 다가온 유학 준비에 수진은 매일 정신이 없었다.

수진은 오로지 유학 생각에만 집중했다. 비행기 표와 비자를 다시 한번 확인하고, 관련 서류 및 증명서들을 준비하고, 각종 짐들을 챙기느라 수진은 늘 바빴다.

어학 공부도 느슨히 할 수 없었고 관련된 사람들도 만나야 했다. 아르바이트는 정리했고 과외도 마지막 수업만 남겨두고 있었다. 준비하고 처리해야 할 일이 산더미 같아 보였는데 차근차근 해나가다 보니 어느새 대부분 정리되어가고 있었다.

그러는 동안에도 혁건으로부터는 아무 연락이 없었다. 오히려 잘 된 일이라고 생각했다. 수진은 혁건에 대해 일부러 생각하지 않았다. 혁건이 무슨 생각을 하고 있는지는 가끔 궁금했지만, 거기까지 쏟아부을 에너지는 없었다.

"선생님!"

수업 내내 아쉬운 마음을 꾹 참고 있던 지은은 끝내 마지막 인사를 앞두고 울음을 터트렸다.

서럽게 우는 지은을 보자 수진의 눈가에도 눈물이 그렁그렁 맺혔다.

"아이구, 지은아……."

애써 웃으며 마지막 인사를 하고 싶었지만 눈물 때문에 목이 막히는 건 어쩔 수가 없었다. 수진은 코끝이 빨개진 채로 지은을 꼭 안아주었다. 지은의 어머니가 다정한 손길로 수진의 등을 토닥여주었다.

"지은아, 건강하게 잘 지내. 넌 똑똑하고 착하고 또 멋있는 아이니까 뭐든 잘 해낼 거야."

수진이 손등으로 눈가를 훔치며 말했다.

"선생님 절대 안 잊을게요. 그동안 정말 감사했어요. 꼭 다시 만나요. 제가 독일로 편지 쓸게요."

"그래, 나도 지은이 절대 안 잊을게. 우리 꼭 다시 만나자. 어머니, 그동안 정말 감사했습니다."

수진은 마지막으로 지은의 어머니에게도 고개를 숙여 인사했다.

"선생님, 그동안 지은이 공부 시키시느라 정말 고생 많으셨어요."

"아니에요, 오히려 제가 감사했습니다. 지은이는 훌륭한 아이니깐 저 없어도 잘 해낼 거예요."

수진이 미소를 잃지 않으며 말했다.

수진과 지은은 현관문이 닫힐 때까지 서로 손을 흔들며 인사했다. 탁 하는 소리와 함께 문이 닫혔다. 3년 동안의 과외도 그렇게 마무리되었다.

수진과 친구들이 둘러 앉은 테이블 위에는 빈 맥주병이 가득 쌓여 있었다. 어느 정도 취기가 올라 기분이 좋은지 테이블은 소란스러운 상태였다. 평소 주량을 넘어가도록 맥주를 마신 수진도 한껏 흥이 오른 상태였다.

오늘 술자리의 주인공은 수진이었다. 수진의 송별회를 위해 오랜만에 모두 모인 자리였다. 소소한 근황 이야기로 시작된 술자리는 본격적으로 수진이 독일 얘기를 시작하면서 축하와 아쉬움으로 가득 차기 시작했다. 마지막 인사를 건네는 친구들의 눈빛에 부러움이 가득했다.

특히 준수는 취기 때문에 제대로 되지도 않는 발음으로 연신 수진이 부럽다며 한탄했다.

"너는 이 시국에 대기업이나 들어간 놈이면서 뭐가 그렇게 부럽냐."

말은 그렇게 했지만 사실 이 자리에서 가장 여유 있는 사람은 승민이었다. 승민은 여전히 미래에 대한 준비 없이 자기가 좋아하는 일에만 몰두하고 있었다.

"부럽지, 왜 안 부러워. 자기가 하고 싶은 거 하는 거잖아. 나도 하고 싶은 공부 원 없이 해봤으면 좋겠다. 이 지긋지긋한 회사 당장 때려치우고!"

준수가 우는 표정으로 말했다.

"학교 다닐 때도 제대로 공부 안 하던 애가 무슨 지금에 와서 공부 타령이야."

한나가 웃으며 핀잔을 줬다.

"아무튼 진짜 부럽다. 축하한다! 우리 몫까지 공부를 부탁한다, 수진아."

준수가 맥주잔을 들이밀며 말했다.

술잔이 바쁘게 오가는 동안 이야기의 화두는 수진의 유학에서 다시 근황으로 옮겨갔다.

"현지야, 너 연수가 언제랬지?"

"나 다음 달, 아직 한 달 남았어."

현지가 여유로운 미소를 지어 보이며 말했다.

"야, 너도 진짜 대단하다. 이렇게 어려운 시기를 뚫고 합격하다니. 다시 한번 축하해."

한나가 잔을 부딪히며 말했다.

"에이, 뭘. 운이 좋았지. 그리고 진짜 일 시작하기 전까지는 모르는 거야. 요즘 뽑기만 하고 기약 없이 기다리게 하는 회사들도 많다잖아."

현지가 답답한 표정으로 고개를 저었다.

얼마 전까지만 해도 취업이 되지 않아 걱정이 많았던 현지는 얼마 전 식품회사 최종합격 소식을 알려왔다. 알게 모르게 이전 모임과는 얼굴이 많이 달라진 현지였다.

"다들 잘돼서 너무 좋다."

승민이 담배에 불을 붙이며 말했다.

"한나, 넌 뭐 없어?"

준수도 따라 담배를 입에 물었다.

"야, 그런 건 내가 말하기 전에 먼저 물으면 안 되는 거야."

한나가 가볍게 준수의 등을 때렸다.

"아, 그래? 미안 미안. 수진이는? 남자 친구분이랑은 잘 만나고 있지?"

갑자기 자신을 향한 화살에 수진은 맥주만 홀짝인 채 묵묵부답이었다. 수진은 혁건과의 이야기를 친구들에게 말하지 않았다. 묻는 사람도 없었고 굳이 말하고 싶지도 않았다. 친구들은 평소에도 수진이 혁건과의 이야기를 잘 하지 않기 때문에, 어련히 알아서 잘 지내고 있을 거라 생각했다.

예상치 못한 수진의 침묵에 준수가 먼저 수진을 빤히 바라보았다. 그 뒤를 이어 친구들의 눈이 하나하나 수진을 향해 돌아갔다.

"아니, 뭐, 그냥⋯⋯."

수진이 쏟아지는 시선에 맥주잔을 내려놓으며 말했다.

수진의 움직임을 따라 친구들의 눈동자도 똑같이 움직였다. 준수와 승민의 손에 들려 있는 담배가 혼자서 빨갛게 타들어가고 있었다.

"좀 크게 싸웠어."

수진이 아무렇지 않게 말했다.

"뭐? 심하게 싸웠어?"

승민이 말을 쏟아냈다.

"뭐…… 조금?"

"그래서? 지금 어떻게 된 건데?"

현지가 거들었다.

"어떻게 되고 말고도 없지. 그냥 싸우고, 지금까지 연락 없이 이러고 있어."

"연락이 없어? 얼마나?"

"아니 그냥, 뭐 얼마 안 됐어."

수진은 왠지 모르게 친구들에게 혁건의 이야기를 시시콜콜하고 싶지 않았다. 둘만의 문제였을뿐더러, 다른 사람의 입에 자신의 연애사가 오르내리는 것을 원치 않았다.

"헤어진 거 아니지?"

모두가 입밖으로 꺼내지 못하고 있던 말을 던진 건 준수였다.

"자자, 이제 그만. 두 사람 문제는 두 사람이 알아서 해결할 거야. 자, 그만!"

급격하게 굳어진 수진의 표정을 눈치채고 한나가 분위기를 중재하고 나섰다.

갑작스런 침묵이 찾아왔다. 친구들은 입맛을 다시며 맥주만 홀짝일 뿐이었다.

"수진이가 다 잘 해결하겠지, 괜찮아. 오늘 수진이랑 보는 마지막 자리인데 분위기 이렇게 만들 거야? 승민아, 어제 백터맨은 잘 챙겨봤어?"

"야, 너 아직도 백터맨을 봐? 그게 요즘도 해?"

준수가 화들짝 놀라며 물었다.

"아, 아니…… 그냥 티비에서 하길래 본 거야. 챙겨보고 그러는 건 아니고……. 그리고 보다 보면 재미있기도 하고……."

승민의 목소리가 점점 기어들어갔다.

"우리 승민이 아직 애기구나."

현지도 거들었다.

친구들은 고개를 저으며 승민에게 혀를 찼고 승민은 붉어진 얼굴로 맥주를 들이켰다. 분위기는 금세 다시 편안해졌다. 여러 이야기들이 오고 갔다. 수진은 바쁜 와중에도 자신을 배웅하기 위해 이렇게 모여준 친구들이 정말 고마웠다. 취기를 빌려 수진은 친구들에게 고마움을 전했고 친구들도 축하와 아쉬움을 있는 그대로 전했다. 늦은 시간까지 술자리가 이어진 것은 당연한 일이었다.

수진은 오랜만에 학교 도서관을 방문했다. 도서관은 여전히 그대로였다. 창문 틈을 비집고 들어오는 겨울의 한기에도 도서관은 공부를 하고 있는 학생들로 가득했다.

IMF로 인해 국내 경기가 겨울바람처럼 얼어붙은 지도 한참이었다. 취업 시장의 문이 좁아지자 각종 시험으로 눈을 돌린 학생들이 많아졌다는 소식을 뉴스에서 본 적이 있었다. 그 탓인지 도서관에는 졸업을 앞둔 고학생이나 졸업생들이 많아 보였다.

수진은 새로 설치된 도서관 컴퓨터로 소장도서를 검색했다. 요즘은 집에서 인터넷으로도 많은 정보를 얻을 수 있는 시대라지만, 수진은 언제나 도서관을 찾아 직접 책으로 찾아보는 것을 좋아했다.

열람실을 돌아다니며 필요한 책을 모두 찾은 수진은 구석진 곳에 빈자리를 발견하고 자리를 잡았다.

자료를 얼추 다 살펴봤을 땐 이미 해가 지고 난 후였다. 주위를 둘러보니 도서관은 여전히 사람들로 가득했다. 가볍게 기지개를 펴던 수진의 눈에 커플 후드티를 입고 공부하고 있는 한 커플이 들어왔다. 수진은 혁건과 함께 도서관에서 공부하던 시절이 떠올랐다. 쓸데없는 생각에 도리질을 쳤지만 생각의 가지는 거침없이 뻗어나가 지연에게까지 닿았다.

지연의 전화가 정말 진짜였을까, 아니 정말 가능성이라도 있는 일일까, 비슷한 경험을 한 사람의 사례는 없을까. 생각은 꼬리에 꼬리를 물었다.

수진은 무언가에 홀린 듯 자리에서 벌떡 일어나 책장으로 걸어갔다. 초자연 분야로 분류된 책장 앞에서 한참을 서성이던 수진은 책 몇 권을 골랐다. 아직 집에 돌아가기엔 시간이 남아 있었다. 수진은 다시 자리로 돌아와 가져온 책들의 맨 앞장을 펼쳐 소제목 위주로 빠르게 훑어갔다. 대부분 말도 안 되는 내용이었다. 그 황당무계함이 제목에서부터 빛을 발하고 있었다.

여러 책들을 살펴본 끝에 드디어 한 책이 수진의 눈길을 사로잡았다.

'시공간을 뛰어넘은 사람들'

제목부터 비범했다. 수진은 자신과 비슷한 사례가 있는지 빠르게 내용을 살펴봤다. 대부분 이상한 이야기들이었다. 수 세기를 걸쳐 시간 여행을 한 사람, 동시에 여러 군데에서 발견된 사람, 태양을 다녀왔다고 주장하는 사람.

수진은 역시나 자신과 비슷한 상황은 없는 듯 보여 나지막이 한숨을 내쉬었다.

'7장. 시간을 뛰어넘는 대화들'

수진은 마지막 챕터에서 비슷한 것을 찾아냈다. 사라져가던 흥미는 다시 빠르게 살아나기 시작했다.

'1755년 10월 31일, 포르투갈 리스본에 살고 있던 카를로스 실바는 꿈속에서 그의 여동생을 만났다. 여동생은 중년의 모습을 하고 있었는데 카를로스 실바는 그 모습을 매우 이상하게 여겼다. 왜냐하면 그의 여동생은 이제 갓 17살이었기 때문이었다. 꿈속에서 만난 여동생은 계속해서 똑같은 말을 되풀이했다. 그것은 바로 내일 새벽 동이 트자마자 가족들과 함께 리스본을 떠나라는 것이었다.

카를로스 실바가 이유를 물어도 그의 여동생은 새벽에 리스본을 떠나라는 말만 되풀이할 뿐이었다. 잠에서 깬 카를로스 실바는 이를 이상하게 여겼으나 바로 가족들을 깨워 짐을 챙겼다. 그의 가족들이 마차에 올라탔을 때는 아침 6시 40분 경이었다. 그의 가족은 리스본 근교에 있는 친척집으로 떠났다. 그리고 정확히 3시간 뒤, 역사적인 대지진이 리스본을 강타하였고 도시는 완전히 파괴되었다. 카를로스 실바는 놀라운 이 경험을 절친했던 가톨릭 신부에게 털어놓았고 그것이 기록되어 오늘날까지 알려지게 되었다.'

수진은 미간을 찌푸리며 책장을 넘겼다.

'1892년, 영국 런던에 사는 토마스 키신저는 경마에 한 번도 참가해본 적 없는 사람이었다. 그는 어느 날 소인이 찍히지 않은 편지를 받았는데 봉투엔 보내는 사람의 이름도 주소도 없었다. 편지의 내용 또한 기괴했는데 그것은 바로 1년 후 미래에서 토마스 키신저 자신이 보낸 편지였다. 시간이 없었는지 편지 내용은 심하게 휘갈겨져 있었다. 내용은 단순했다. 곧 있을 경마에서 8번 말에 전 재산을 걸라는 것이었다. 토마스 키신저는 혼란스러웠다. 그는 미신을 잘 믿는 사람이 아니었지만 그렇다고 독실한 신앙심을 가지고 있는 것도 아니었다. 하지만 그 다음 날에도 똑같은 편지가 날아왔고 토마스 키신저는 결국 자신의 전 재산을 모두 경마에 걸었다. 결과는 훌륭했다. 우승 전적이 없던 8번 말이 경마에서 1등을 하였다. 아무도 예상하지 못한 결과였던 만큼 배당률은 월등했다. 토마스 키신저는 남은 평생을 풍족하게 살다가 죽기 전에 이 이야기를 털어놓았다.'

'1969년 5월 20일 베트남 전쟁이 한창이던 시기, 베트남 주둔 미7공군 소속 제임스 클라크 병장은 당직을 서던 중 한 통의 무전을 받았다. 무전 속 남자는 자신을 미해병 3사단 소속 찰리 테일러 하사라고 밝히며 지금 적의 대규모 공습을 받고 있으니 속히 공중폭격 지원을 보내달라고 소리쳤다. 제임스 클라크 병장이 정확한 위치와 필요한 지원을 묻자 찰리 테일러 하사는 다급한 목소리로 현재 자신의 부대는 케산기지를 방어하고 있으며 사방에서 적의 공격을 받고 있으니 속히 기동 가능한 전투기들을 출격시켜 케산 93-34 지점을 폭격해달라고 외쳤다. 찰리 테일러 하사의 무전에서 함께 나오는 포격 소리, 총소리, 비명 소리들이 그 급박함을 전하고 있었다. 제임스 클라크 병장은 무전교신을 마친 뒤 지원요청을 상부에 보고하였다. 하지만 상부로부터 돌아온 대답은 놀라웠다. 현재 케산기지엔 아군이 없으며 케산기지는 해체되어 적의 손에 넘어간 지 1년이 넘었다는 것이었다. 덧붙여 1년 전 케산기지에 주둔하던 미해병 3사단은 적의 대규모 공격에 막대한 피해를 입고 겨우 탈출하였다는 사실도 알려왔다. 제임스 클라크 병장은 놀라워하며 자신의 무전내용을 보고하였으나 상부는 이를 묵살하였다. 그리고 이상한 무전을 받은 지 한 시간 뒤 제임스 클라크 병장은 찰리 테일러 하사의 무전을 다시 한번 받았다. 제임스 클라크 병장은 급히 당신은 누구이며 지금 어디서 전투 중이냐고 소리쳤다. 찰리 테일러 하사는 자신은 조금 전 교신을 했던 찰리 테일러 하사이고 케산에서 전투 중이며 아직 항공지원은 멀었냐며 물어왔다. 제임스 클라크 병장이 화를 내며 장난치지 말라고 했으나 찰리 테일러 하사는 무슨 소리를 하는 거냐며 빨리 공중지원을 보내 달라고 소리쳤다. 케산에서 전투는 작년 이야기이며 케산은 이미 적의 손에 떨어진 지 오래라 공중지원 따위는 갈 수 없다고 하자, 찰리 테일러 하사는 공중지원이 없으면 자기들은 모두 죽는다고, 지금 적이 자신들 바로 코앞까지 왔다며 절규에 가까운 목소리로 계속해서 공중지원을 요청했다. 있을 수 없는 교신, 무전 속에 섞여 있는 비명 소리와 총소리, 다급한 목소리가 합쳐져 제임스 클라크 병장은 공포에 휩싸인 채 장난치지 말고 소속과 신분을 밝히라는 말만 되풀이했다. 하지만 더 이상 찰리 테일러 하사로부터의 무전은 들려오지 않았다. 확인된 바에 따르면 실제로 미해병 3사단에 찰리 테일러라는 이름의 하사가 있었고. 1968년 1월 30일 케산 전투에서 전사한 것으로 보고되었다.'

수진은 책장을 덮었다. 혼란만 가중되었다. 무엇이 진실이고 무엇이 거짓인지 알 수 없었다. 수진과 완전히 똑같은 사례는 아니었지만, 믿기 어려운 일들이 책 속에 한가득 적혀 있었다. 믿기도 믿지 않기도 어려웠다. 책 내용이 진실인지 확신할 수 없을뿐더러 진실이라 하더라도 지연의 전화까지 진실인지는 알 수는 없었다. 수진이 할 소리는 아니었지만 허무맹랑했다.

수진은 가져왔던 책들을 모두 반납대에 내려놓았다. 더 이상 얻을 건 없었다. 그 사이 도서관에 빈 자리가 눈에 띄게 많아졌다. 수진도 짐을 챙겨 도서관을 나왔다. 더 이상 수진은 다른 생각을 하지 않았다. 지금은 오로지 유학에만 집중할 때였다. 겨울밤은 쌀쌀했다. 서둘러 수진은 집으로 향하는 버스에 올랐다.

혁건에게선 지금까지 아무런 연락도 오지 않고 있었다. 전화도, 삐삐도, 방문도, 편지도, 그 아무것도 오지 않았다. 수진은 혁건에게 먼저 연락할까 생각해봤지만 이내 마음을 접었다.

평소였다면 수진이 먼저 연락을 해봤을 수도 있겠지만 지금 수진에게는 혁건보다 유학이 더 중요한 시점이었다. 유학을 앞두고 변수를 만들고 싶지 않았다.

한편으로는 혁건이 괘씸하기도 했다. 분명 잘못한 건 혁건인데 자신이 절절 매는 모습을 보여주고 싶지는 않았다. 아무 연락이 없어 오기도 생기는 참이었다.

사실 지연이 했던 말이 영향을 미친 것도 있었다. 수진은 자신이 먼저 연락을 한다면 이것이 발단이 되어 그대로 결혼까지 가버릴 수도 있을 것만 같았다. 가령 일단 출국을 했다가 방학에 들어와 결혼을 한 뒤 유학을 마치고 돌아와 교수가 되지 못하고 그대로 집에 머무를 수도 있었다. 결혼과 임신으로 인해 유학을 중도에 포기할 수도 있었다. 지금 먼저 한 연락이 왠지 모르게 나비효과가 되어 나중에 자신의 발목을 잡아챌 것 같은 느낌이 들었다.

그렇다고 수진이 혁건을 완전히 단념한 것은 아니었다. 여전히 그립고 보고 싶고 둘이서 만들었던 많은 추억들이 떠올랐다. 만약 혁건이 진심으로 사과하고 후회하고 용서를 구한다면 수진은 혁건을 용서해 줄 생각이었다. 혁건의 말대로 정 대리랑 아무 일도 없었다면, 업무차 떠났고 단순히 그냥 걱정 끼치고 싶지 않아서 연락을 안 한 것이라면 수진은 혁건의 진심 어린 사과를 받아줄 마음이었다.

아니면 지연의 말을 다 떠나서, 혁건은 그저 수진과 헤어지고 싶었던 것일 수도 있었다. 단순히 꼬투리를 잡고 건수를 만들고 싶었던 것일 수도 있었다. 자신의 입에서 '헤어지자' 라는 말을 먼저 꺼내지 않으려는 혁건의 고도의 전략일 수도 있었다.

혁건에 대한 생각은 갈피를 잡지 못하고 끊임없이 가지를 쳐가며 이어졌다. 어느 것 하나 확신할 수가 없었다. 수진의 이런 혼란스러운 마음을 아는지 모르는지 혁건은 계속해서 침묵을 지켰다.

2000.1.

출국 날은 아침부터 온 가족이 분주했다. 수진은 전날 밤까지 혹시나 하는 마음으로 혁건과 지연의 연락을 기다리다 늦게 잠들었지만 긴장 때문인지 아침 일찍 눈을 떴다. 당연히 지연과 혁건에게서는 아무 연락도 없었다.

출국 전 수진과 부모님이 함께하는 마지막 식사였다. 마지막 짐 정리까지 마친 수진이 식탁으로 와 앉았다. 식탁 위에는 수진이 좋아하는 음식들이 가득 차려져 있었다.

수진은 혹시나 울음이 터져 나올까 봐 꾸역꾸역 입으로 밥을 밀어 넣었다. 부모님은 앞으로 꿈을 위해 잠시 헤어지는 것뿐이니 마음 편히 먹고 다녀오라며 다정하게 수진을 위로했다.

식사를 마치고 수진은 마지막으로 집을 한 바퀴 둘러보았다. 이번에 떠나면 한동안은 오지 못할 집이었다. 익숙한 집 곳곳에는 수진의 흔적들이 고스란히 남아 있었다. 수진은 마치 집에 작별 인사를 하듯 거실을 지나 방문을 하나하나 열어보고 부엌까지 찬찬히 돌아보았다. 마지막으로 열어본 수진의 방은 왠지 모르게 휑한 느낌이었다. 침대와 책상과 옷장이 수진에게 잘 가라고 인사하는 것 같았다. 수진은 마지막으로 짐을 한 번 더 체크한 후 집을 나섰다.

짐은 캐리어 두 개가 전부였지만 그 크기와 무게가 엄청났다. 수진과 부모님은 차에 짐을 실은 후 공항으로 출발했다. 출근 시간이 지난 도로 위에는 차가 별로 많지 않았다. 수진을 태운 차가 빠르게 도로를 달렸다.

어느덧 투명하고 시린 완연한 겨울의 기운이 세상을 뒤덮고 있었다. 도로 곳곳에는 뉴 밀레니엄을 맞이하는 조형물들이 서 있었다. 여유롭고 날씨도 맑았다. 떠나기에 더없이 좋은 날이었다. 엄마는 수진의 여권과 비행기 표를 수시로 체크했고, 수진은 그 옆에 앉아 엄마의 손을 꼭 잡았다.

공항까지 가는 동안 대학에 입학해서부터 지금까지 시간들이 주마등처럼 머릿속을 빠르게 스쳐 지나갔다.

20살, 그때는 모든 게 설레는 봄바람 같았다. 신입생 OT 옆자리에서 한나를 처음 만났을 때가 생생하게 떠올랐다. 새내기 배움터에 도착해 한나와 현지를 처음 만난 순간, 신입생 장기자랑을 준비하던 순간, 밤 늦게까지 이어진 술자리에 새롭고 신기하기도 했던 기억. 친구들과 들었던 첫 수업, 첫 술집, 첫 시험, 스무 살의 만개한 벚꽃까지. 그때의 모든 것이 줄줄이 차례로 떠올랐다. 이제는 모두 웃으며 되돌아볼 수 있는 기억이었다.

친구들과 함께 떠난 여름 MT와 농활도 즐거웠고 그날 밤 한나와 마루에 앉아 밤이 깊도록 별을 보며 나누었던 깊은 이야기도 떠올랐다. 그해 가을 겪었던 첫 남자 친구와의 이별, 가을비가 내리던 날 이별에 슬퍼하던 자신의 등을 다독이던 한나의 손길이 또렷하게 기억났다. 세상이 무너진 것처럼 슬프던 그 시기에 한나가 해준 위로의 말들은 큰 도움이 되었다. 아직도 수진은 그때의 한나가 고마웠다.

그해 크리스마스는 솔로인 친구들끼리 모여 술을 잔뜩 먹고 밤새 캐롤을 들으며 밤거리를 걷기도 했었다. 집이 비던 어느 날에 한나를 집으로 초대해 둘이서 밤새 수다를 떨었던 기억도 생생하게 그려졌다. 모두 추억이었다.

스물한 살의 봄, 수진은 난생 처음으로 아르바이트를 시작했다. 한나의 소개로 시작한 동네 아이스크림 가게였다. 잠깐만 하고 그만두게 될 줄 알았는데, 사장님의 배려로 한나와 같은 시간에 일할 수 있었던 덕분에 즐겁게 오래 일했었다. 아이스크림 가게는 학교의 연장선 같았다.

혁건을 만난, 모든 게 푸르게만 빛나던 초여름도 기억났다. 친한 선배의 소개로 만난 혁건은 같은 학교 경영학과에 다니는 복학생이었다. 두 살의 나이 차가 믿기지 않을 만큼 혁건의 첫인상은 싱그럽고 깔끔했다. 마치 여름 햇살이 가득 내려앉은 나뭇잎 같은 사람이었다.

혁건과 함께했던 추억들이 한꺼번에 몰려왔다. 그리웠다. 혁건도 그리웠지만 그 시절 예쁘고 맑기만 했던 자신의 모습도 그리웠다.

혁건과 떠났던 여행들, 친구들과 떠났던 여행들, 한나와 둘이 갔던 가을의 경주여행이 뒤이어 떠올랐다.

이제 한국을 떠난다고 생각하니 자꾸 옛날 추억들이 어깨를 붙잡았다. 선생님과 제자로 지은을 처음 만난 순간, 친구들과 떠난 여행에서 승민이 술에 취해 끊임없이 노래를 불러 다같이 바닥을 뒹굴며 웃었던 기억, 혁건을 처음 친구들에게 소개시켜준 날, 혁건과 같이 도서관에서 밤새 공부하면서 먹었던 학교 앞 치킨, 혁건과 공강 시간이 맞지 않을 때면 아쉬운 걸음으로 혼자 걷던 하교길. 아늑했던 도서관, 서정혜 교수에게 처음으로 꿈을 말하던 순간. 모두가 수진에겐 잊지 못할 추억이었다.

아쉬운 마음만큼 수진의 차는 김포 공항에 빨리 도착했다. 부모님이 주차를 하는 동안 수진은 입국 수속을 마치고 짐을 부쳤다. 출발까지는 아직 시간이 조금 남아 있었다.

수진의 친구들은 오늘 공항에 나오지 않았다. 친구들이 모두 공항까지 배웅해주겠다고 아우성이었지만 수진은 마음만 받겠다며 거절했다. 공항에서 마지막 인사는 가족들끼리만 하고 싶었다.

물론 혁건의 모습도 보이지 않았다. 혁건은 마음만 먹으면 수진의 출국 날짜를 알아내 공항에 나올 수 있었을 것이다. 마지막까지 내심 혁건이 나타나지 않을까 하는 기대를 품었지만 혁건은 결국 그날 이후부터 수진의 출국날인 오늘까지 연락 한 통도 없었다.

수진은 혁건이 도대체 무슨 생각인지 모를 노릇이었다. 혁건과 이렇게 허무하게 끝날 줄은 몰랐다. 물론 수진이 출국 전 먼저 연락할 수도 있는 일이었지만 수진은 유학 준비를 하는 동안에는 혁건에 대한 생각 자체를 하고 싶지 않았다.

그 전까지만 하더라도 혁건에 대한 그리움과 애정이 남아 있었지만 침묵이 길어지자 그마저 사그라들기 시작했다. 유학 준비까지 제쳐두고 혁건에게 신경을 쓰고 싶지 않았다. 결국 자신의 애정이 그 정도였던 것 같다고 수진은 생각했다.

수진은 분주한 사람들 틈을 다시 한번 살펴보았지만 혁건의 모습은 발견할 수 없었다. 많은 감정과 생각이 들었다. 이제 자신을 괴롭혔던 혁건과의 복잡하고 지난했던 관계를 정말로 끊어낼 순간이라고 생각했다. 수진의 표정은 담담했다.

출국장에 들어가기 전 부모님과 마지막 인사를 나눴다. 엄마는 공항에 도착했을 때부터 연신 몇 년 전 일어난 비행기 추락 사고를 들먹이며 걱정하고 있었다. 아빠도 말은 안 했지만 내심 걱정이 많이 되는 눈치였다. 수진은 그런 부모님을 안심시키느라 비행의 안전을 증명하는 통계 수치를 나열했다.

걱정하는 부모님과는 다르게 공항에는 특유의 활기차고 세련된 분위기가 가득했다. 새천년의 설렘이 더해져 더욱 그러했다. 캐리어를 끌고 바쁘게 움직이는 사람들, 수시로 바뀌는 비행기 스케줄표 안내판, 빠르게 울려 퍼지는 안내 방송, 여행을 앞둔 사람들의 들뜬 기운. 이 모든 것을 둘러보고 있자니 수진은 기분이 이상해졌다.

그토록 바라던 유학이 이제 코앞이었다. 분명 좋은 일이지만 마음 한 켠에는 슬픔과 아쉬움이 공존했다. 드디어 시작이었다. 꿈을 위한 한 걸음이 드디어 시작되었다.

수진은 서정혜 교수가 떠올랐다. 십여 년 전 서정혜 교수가 서 있던 그곳에 수진이 서 있었다. 이제는 수진의 차례였다. 출국장으로 들어가야 하는 시간은 빠르게 다가왔다. 수진은 출국장을 몇 걸음 앞두고 정말 마지막으로 부모님과 인사를 나눴다. 지금 가면 최소 몇 개월은 다시 못 볼 얼굴이었다. 아쉬움과 걱정은 미뤄두고 수진의 부모님은 대견스러운 목소리로 수진을 배웅했다. 수진도 울컥하는 마음을 꾹 누르고 마지막 포옹을 나눴다. 눈이 마주치자 울음이 터져 나올 것 같아 수진은 고개를 숙이고 출국장을 향해 몸을 돌렸다.

혁건이 다급하게 자신의 어깨를 돌려 세우는 일 같은 건 일어나지 않았다. 수진은 이제 정말로 독일행 비행기를 타기 위해 혼자 출국장 안으로 걸음을 내디뎠다.

2000.1.

한장물산 경비원 김씨는 오늘도 하루 종일 쓰레기 분류 작업을 하고 녹초가 되어 경비실로 돌아왔다.

원래 한 해가 끝나가는 이맘때쯤이면 평소보다 쓰레기가 두 배는 넘게 나오는 터라 김 씨는 벌써 몇 주째 쓰레기와의 전쟁 중이었다.

김씨는 분류작업이 있을 때 마다 쓰레기 틈에서 쓸만해 보이는 것을 주워오곤 했다. 나름 자신에게 주는 보너스 같은 거라고 김씨는 생각했다. 오늘 주워 온 것은 지구본, 키보드, 역대 단합대회 사진첩, 볼펜 세트, 세계적 자동차 브랜드의 로고가 큼지막하게 박혀 있는 양장노트였다.

김씨는 의자에 앉자마자 양장노트부터 펼쳐 들었다. 큼지막한 로고와 고급스러운 가죽 겉표지는 한눈에 보기에도 멋들어졌다. 아까 쓰레기장에서 대충 살펴 봤을 땐 안에 종이들도 사용한 흔적이 거의 없이 새것 같았다. 김씨는 휘리릭 속지들을 넘겼다. 새하얀 속지들이 한참을 팔랑이며 넘어가다 어느 페이지에서 문득 멈췄다. 김씨의 미간이 찌푸려졌다. 이전 주인의 것으로 보이는 새까만 글씨들이 몇 페이지를 가득 채우고 있었다. 김씨는 찡그린 눈으로 글자들을 살펴보았다. 누군가의 메모 같았다. 내용을 보아하니 여러 날 동안 적은 낙서인 듯했다.

'유학을 가도 괜찮은 걸까?' '기다릴 자신이 없다.' '기다릴 필요가 있을까' '이렇게? 갑자기?' '내가 먼저 연락해볼까?' '먼저 사과하면 그 다음은?' '예전 같지 않은 것 같아' '왜?' '아영, 정아영 대리' '한 수 진' '3년' '이게 맞는 걸까' '결심' '결정의 단계'.

여기까지 읽던 김씨는 자를 꺼내 왼쪽 가장자리에 신중하게 대고 메모가 적힌 속지를 찢었다. 글씨가 적혀 있던 부분은 깔끔하게 떨어져 나갔다. 노트는 감쪽같이 새것처럼 보였다. 김씨는 찢겨진 종이들을 쓰레기통에 던진 뒤 만족스러운 얼굴로 표지를 덮었다.

한나의 일기

1998.10.9.(금)

　오늘 수진이 남자 친구를 처음 만났다. 셋이 시간이 되는 날을 어렵게 잡아 수진이가 남자 친구를 소개해주기로 한 것이다. 만나기로 한 곳은 동네에 생긴 지 얼마 되지 않은 돈까스 가게였다. 약속 시간에 맞춰 도착하니 수진이와 남자 친구가 먼저 테이블에 앉아 있었다. 가게에 들어서니 나를 먼저 발견한 수진이 일어서서 반갑게 인사했다. 그리고 수진이 남자 친구도 뒤돌아 내게 웃으며 인사했다. 그 순간 이상했다. 아무튼 이상했다. 수진이 남자 친구를 처음 본 순간 나는 그 자리에 굳어버린 것 같았다. 올라오는 계단에서부터 들렸던 시끄러운 음악 소리가 순식간에 멎고 내 눈에는 오로지 수진이 남자 친구만 보였다. 이곳을 둘러싸고 있는 배경은 모두 사라지고 이 세상에 수진이 남자 친구와 나만 남은 기분이었다. 온몸에 피가 모두 빠져나간 것처럼 머리가 어지러웠다. 나는 겨우 발을 움직여 수진이 앉아 있는 테이블로 걸어갔다. 우리는 어색한 표정으로 인사를 나눴다. 내가 무슨 말을 했는지 기억은 나지 않는다. 다만 처음 듣는 그 사람의 목소리가 무척 듣기 좋은 중저음이었다는 것은 또렷하게 기억난다. 그 사람의 이름은 김혁건이었다. 서로 마주 보고 앉으니 영화 속 한 장면처럼 주변이 느리게 흘러갔다. 온통 흑백의 배경에 혁건 오빠만 찬란한 색을 가지고 있는 것 같았다. 한낮의 햇살 때문이었을까, 혁건 오빠의 주변으로 눈부신 광채가 비치는 듯했다. 마치 누군가 장난을 치고 있는 것 같았다. 처음 본 혁건 오빠는 숨이 막히도록 매력적인 사람이었다. 나는 아무것도 할 수 없었다. 그 사람의 두 눈이, 코가, 입술이, 뺨이, 어깨가, 목소리가, 머리카락이, 그 사람의 모든 것이 내가 평생 바라오던 완벽한 모습이었다. 나의 운명의 끈이 평생을 찾고 있던 그 사람이 바로 내 앞에 앉아 있었다. 처음 마주친 그 짧은 순간에 나는 알 수 있었다. 혁건 오빠를 만나고 나서 내 삶은 완전히 달라지겠다고, 나는 절대 이 사람에게서 헤어나오지 못하겠다고, 그 누가 뭐라고 해도 이 사람이 나의 인연이라고. 그 사람이 내 눈에 처음 들어온 순간 온몸의 감각들이 나를 향해 소리 쳤다. 드디어 운명의 상대가 나타났다고, 다시는 다른 사람을 만나지 못할 거라고, 그를 잡으라고.

1998.10.16.(금)

며칠 전 혁건 오빠를 본 후 자꾸 오빠 생각이 난다. 이러면 안 되는 걸 알면서도 계속 생각이 나는 건 나도 어쩔 수가 없다. 이 세상에 혁건 오빠보다 잘생긴 사람은 없고 혁건 오빠보다 매력적인 사람은 없을 것이다. 오빠가 하루 종일 떠오르는 건 당연한 게 아닐까. 하지만 혁건 오빠에 대한 생각을 떨쳐버려야 한다. 왜냐하면 수진이는 나의 가장 친한 친구니까. 그리고 혁건 오빠는 그런 수진이의 남자 친구니까. 첫눈에 혁건 오빠를 보고 반했다 하더라도 그 사실은 변함이 없다. 수진이와 혁건 오빠를 응원해줘야 하는 걸 나는 너무나 잘 알고 있다. 둘 사이에 끼어들어선 안 된다. 하지만 그렇게 애쓸수록 자꾸 혁건 오빠 얼굴이 떠오르는 걸 멈출 수 없다. 내 의지대로 되지 않는다. 잠이 오지 않는 밤이다.

1998.10.22.(목)

요즘 수진이와 부쩍 점심을 자주 먹는다. 수진이와 점심 먹는 건 항상 즐겁다. 수진이는 나와 비슷한 점이 많아서 같이 있으면 시간 가는 줄 모르고 수다를 떤다. 참 착하고 좋은 친구다. 그런데 요즘 수진이와 같이 있으면 계속 혁건 오빠가 떠오른다. 그 눈빛, 콧날, 턱선, 손가락, 목소리, 웃는 모습까지. 그날 내 눈에 담았던 하나하나가 생생하게 떠오른다. 수진이와 있으면 울컥울컥 떠오르는 혁건 오빠 때문에 요즘 들어 같이 밥을 먹기가 힘들다. 마주 보고 있으면 자꾸 수진이 얼굴 너머로 혁건 오빠가 보인다. 수진이가 부럽다. 오늘도 수진이와 같이 점심을 먹고 카페에 가는 길에 우연히 혁건 오빠를 만났다. 수진이와 함께 셋이서 수업 전까지 커피를 마셨다. 티를 안 내려

했지만 온 신경이 혁건 오빠에게 가 있었다. 다시 보니 믿을 수 없을 만큼 좋았다. 쌉싸름한 블랙커피였지만 혁건 오빠와 함께 마시니 설탕을 잔뜩 넣은 크림커피만큼이나 달콤하게 느껴졌다. 혁건 오빠 자체가 나에게 달콤한 커피 그 자체였다. 어떤 커피보다도 혁건 오빠는 내 심장을 빨리 뛰게 만들었다. 길지 않았지만 오빠와 함께 보낸 시간이 오늘 하루 중 가장 행복한 시간이었다. 큰일이다. 보면 볼수록 보고 싶은 마음만 커진다.

1998.10.27.(화)

혁건 오빠의 얼굴이 여전히 잊히지가 않는다. 쉴 새 없이 떠오른다. 짙으면서도 두껍지 않은 눈썹, 또렷하고 생기 있는 눈, 높고 오똑한 코, 얇은 입술, 잡티 없는 매끈한 피부, 얄쌍한 귀. 모든 게 선명하게 머릿속에 박혔다. 그중에서도 혁건 오빠는 코가 제일 이쁘다. 높고 오똑한 그 콧대는 정말이지 봐도 봐도 질리지 않는다. 보고 싶다. 너무 보고 싶다. 하루 종일 보고 싶었고 지금도 보고 싶고 앞으로도 계속 보고 싶을 것 같다. 그냥 가만히 그 얼굴을 바라보고 싶다. 요즘 수진이를 만날 때마다 수진이가 부럽다는 생각을 한다. 혁건 오빠를 마음껏 볼 수 있을 테니까. 혁건 오빠가 보고 싶어지면 보고 만나고 싶으면 만나고 이야기하고 싶으면 이야기할 수 있는 수진이가 너무 부럽다.

1998.11.2.(월)

오늘 학교 정문에서 혁건 오빠를 우연히 마주쳤다. 너무 반가워서 나도 모르게 큰소리로 인사했는데 혁건 오빠가 웃으면서 같이 인사를 했다. 수진이가 없는 자리라 인사만 하고 지나갔지만 그 순간만큼은 하늘을 걷고 있는 기분이었다. 나도 모르게 입꼬리가 올라가고 짜릿함이 등에서부터 퍼져나갔다. 오늘 학교 가길 정말 잘했다. 그 시간에 그 길을 걷고 있길 정말 잘했다. 그 시간에 옷을 입어서, 그 시간에 집을 나서서, 그 시간에 지하철에서 내려서, 그 시간에 밥을 다 먹어서, 그 시간들이어서 정말 다행이었다. 혁건 오빠를 마주친 날은 하루 종일 행복하다.

1998.11.6.(금)

오늘은 같은 과 친구들과 술 약속이 있는 날이다. 학교 앞 매일 가던 술집에서 매일 보던 친구들과 술을 마셨다. 하지만 나는 오늘 술자리를 평생 잊지 못할 것이다. 왜냐하면 술자리에 혁건 오빠도 왔기 때문이다. 평소 친구들이 수진이에게 혁건 오빠가 보고 싶다고 난리를 치는 바람에 수진이 술자리에 혁건 오빠를 불렀다. 혁건 오빠는 우연히 내 앞에 앉았다. 오랜만에 보는 혁건 오빠의 얼굴은 여전히 매력적이었다. 너무나 아름답고 너무나 멋지고 너무나 빛이 났다. 시간을 붙잡아

둘 수만 있다면 그렇게 하고 싶었다. 이렇게 가까운 곳에 오빠가 있다니, 세상을 다 가진 것처럼 기뻤다. 술잔을 들 때마다 오빠가 보여서 좋았다. 고개를 들면 코앞에 오빠가 있어서 좋았다. 오빠는 그 어떤 술보다 나를 취하게 만들었다. 혁건 오빠와 술자리가 너무 즐거워 자칫 수진이도 같이 있다는 걸 잊을 뻔했다. 계속 오빠만 쳐다보다가 수진이 생각이 나서 황급히 고개를 돌리긴 했는데, 수진이가 눈치채지는 못했기를 바라야겠다. 아무튼 오늘 혁건 오빠와 많은 대화를 할 수 있어서 좋았다. 오빠가 무슨 생각을 하고 무엇을 좋아하고 어떻게 사는지 알 수 있어서 너무 좋았다. 그 목소리를 계속 들어서 좋았고 그 모습을 자꾸 볼 수 있어서 좋았다. 같은 공간과 시간을 공유해서 너무 좋았다. 앞으로도 오빠 얼굴을 자주 봤으면 좋겠다.

1998.11.17.(화)

수진이가 참 부럽다. 수진이는 성격도 좋고 똑 부러지고 유쾌하고 매력적이다. 정말 혁건 오빠와 만날 만한 친구다. 수진이 정도는 되어야 혁건 오빠를 만날 수 있는 걸까. 혁건 오빠와 수진이는 정말 잘 어울린다. 그래서 참 부럽다. 나도 수진이만큼 매력적이었다면 혁건 오빠가 날 만나줬을까? 왜 우리는 이렇게 늦게 알게 된 걸까? 수진이를 보고 있으면 머리가 복잡해진다. 수진이를 보면 자동으로 혁건 오빠가 떠오른다. 혁건 오빠는 너무 좋지만 혁건 오빠와 나 사이 놓인 현실은 괴롭기만 하다. 나도 생각하고 싶지 않다. 하지만 내 머리는 마음대로 할 수가 없다.

1998.11.26.(목)

오랜만에 포근한 날씨였다. 다음 수업까지 시간이 좀 남아 점심을 먹고 혼자 연못 근처를 산책했다. 그러다 반대편 벤치에서 혁건 오빠와 수진이 같이 있는 모습을 발견했다. 멀리서 바라본 두 사람은 누가 봐도 사랑이 넘치는 연인의 모습을 하고 있었다. 꼭 붙어 있는 두 사람은 그 자체로 하나의 완벽한 모양이었다. 마치 퍼즐조각들이 제자리에 모여 있는 것처럼 서로 붙어 있는 게 더 자연스러워 보였다. 서로를 바라보는 표정에서 다정함이 뚝뚝 떨어졌다. 그 모습을 바라보다 불현듯 더 이상 혁건 오빠를 좋아하면 안 되겠다는 생각이 들었다. 두 사람 사이에 내 자리는 없어 보였다. 가능성도 없어 보였고 두 사람이 너무나 잘 어울려서 내가 헤집어 놓으면 안 될 것만 같은 느낌이었다. 아름답게 핀 꽃을 차마 꺾을 수 없는 그런 기분이었다. 내가 지금껏 무슨 생각을 한 건가 싶은 생각이 들었다. 두 사람은 서로의 곁에 있을 때 가장 완벽했다. 내가 끼어들 자리는 없었다.

1998.12.7.(월)

요즘 학교생활이 정신없이 지나가고 있다. 수업에 시험 공부에 동아리 활동까지. 자연스럽게 학교에서 보내는 시간이 많아졌다. 아침에 집을 나서면 밤중에 들어오는 하루가 반복되고 있다. 당연히 수진이와도 더 많은 시간을 함께하고 있다. 수진이와 함께 있다 보면 혁건 오빠도 가끔 마주친다. 그럴 때마다 아직 심장이 철렁 내려앉고 기분이 오락가락한다. 혁건 오빠가 없을 때에도 불쑥불쑥 오빠에 대한 생각이 떠오르려 하지만 최대한 참고 있다. 혁건 오빠를 생각하면 안 된다. 이게 맞는 거다. 나를 위해서도 수진이를 위해서도.

1998.12.15.(화)

무사히 한 학기가 끝났다. 공부도 학교 생활도 그럭저럭 만족스럽게 해낸 것 같다. 이제 긴 방학이 시작됐다. 수진이를 보는 시간도 줄어들겠지만, 아르바이트를 같이 하기 때문에 일주일에 두 번씩은 꼭 보게 될 것이다. 하지만 혁건 오빠를 보는 시간은 정말 줄어들 거다. 그렇게 생각하니 시원섭섭했다. 여전히 혁건 오빠가 생각나고 마주치기만 해도 두근거리지만 그러면 안 된다는 걸 잘 알고 있다. 오빠를 포기할 수 있다. 수진이는 내 친구이기 때문에 내가 마음을 접는 게 당연하다. 그래도 방학 하기 전에 오빠 얼굴을 한 번만 더 볼 수 있으면 좋을 텐데.

1999.1.15.(금)

방학 후 오랜만에 학교 친구들을 만나 술자리를 가졌다. 다들 방학인데도 바쁘게 살고 있다. 자격증 공부, 봉사활동, 아르바이트 등 다들 열심이다. 수진이는 아르바이트와 과외를 병행하면서 유학 준비까지 꾸준히 하고 있다. 대단하다. 정말 대단하다. 수진이는 내 친구들 중 가장 대단하고 멋진 사람이다. 나는 뭘 해야 할까. 막연히 방송국 PD가 되고 싶다는 생각은 예전부터 가지고 있었지만 뭘 어떻게 해야 할지를 모르겠다. 사실 내가 PD가 될 수 있을지 확신도 없다. 내 능력이 그 정도가 될까? 남들은 저렇게 열심히 사는데 내 시간만 아무것도 없이 그냥 흘러만 가는 것 같다. 마냥 즐겁지만은 않은 술자리였다. 술자리가 끝날 무렵 혁건 오빠가 수진이를 데리러 왔다. 오랜만에 보는 혁건 오빠는 여전히 멋있었다. 방학하고 처음 보는 것 같았다. 꽤 잘 참아왔다고 생각했는데 혁건 오빠를 보는 순간 다시 심장이 빠르게 뛰었다. 이런 내 맘과는 반대로 혁건 오빠는 짧은 인사만 남긴 채 수진이와 함께 사라졌다. 혁건 오빠를 잊는다는 게 말처럼 쉽지 않다는 걸 오늘 또 한 번 깨달았다.

1999.2.13.(토)

설 연휴가 시작되었다. 고모들, 삼촌, 사촌들, 할머니, 할아버

지까지 설을 맞아 오랜만에 온 친척이 빠짐없이 모두 모였다. 특히 삼촌은 요즘 좋은 일이 있는 건지 더 얼굴이 좋아 보였다. 간만에 보는 삼촌은 여전히 재미있고 다정했다. 삼촌은 어렸을 때부터 조카들 중에 유독 나를 예뻐했다. 나도 그런 삼촌을 가장 좋아했다. 삼촌은 내가 PD일에 관심 있다는 걸 알고 삼촌이 다니는 방송국에 대한 이야기를 들려줬다. 재미있고 흥미로운 일들이 많았다. 요즘 가장 잘나가는 연예인 얘기를 해줄 때 가장 귀를 기울여서 들었다. 물론 현실적인 부분에 대해서도 많이 조언해주었다. 그 이야기들을 들으면서 쉬운 길은 아니겠지만 삼촌처럼 멋진 PD가 되고 싶다는 생각을 했다. PD가 되어 방송국을 움직이는 내 모습을 상상하니 온몸이 허공으로 붕 떠오르는 기분이었다. 오늘 삼촌을 만나고 나니 PD가 되고 싶다는 생각이 더 확고해졌다. 내가 정말 PD가 될 수 있을까? 고민이 늘어나는 밤이다.

1999.2.19.(금)

아이스크림 아르바이트 일은 힘들지만 수진이와 함께하면 즐겁게 해낼 수 있다. 손님이 많을 때는 정신이 하나도 없지만 손님이 없을 때는 학교에서처럼 같이 수다를 떨면서 시간을 보낸다. 수진이를 보면 문득문득 혁건 오빠가 떠올라서 힘들었지만 이젠 괜찮다. 가끔 떠오르는 것마저 어떻게 막을 수 있을까. 떠오르면 떠오르는 대로 그냥 그렇게 지내기로 마음먹었다. 수진이 랑 이야기하다 보면 영원히 오지 않을 것만 같았던 퇴근시간도 금방 찾아온다. 요즘은 날씨가 많이 추워져서 그런지 가게에 손님이 적어 일하기가 훨씬 편하다. 일하는 시간보다 수진이와 수다 떠는 시간이 더 길다. 수진이는 정말 대단하다. 공부처럼 일도 열심히 한다. 아르바이트가 끝난 후 과외까지 하고 있다. 난 아르바이트 하나만 하기도 벅찬데……. 게다가 교수님과 사이도 좋고 그 와중에 유학 준비도 꾸준히 하고 있다. 무엇보다도 목표의식이 뚜렷한 친구다. 참 배울 점이 많고 좋은 친구인데…… 우리 사이에 혁건 오빠만 없으면 정말 완벽할 것 같다.

1999.2.24.(수)

방학이 끝나기 전에 혁건 오빠 얼굴을 한 번만 더 보고 싶다. 접점이 없으니 오빠를 보기가 너무 힘들다. 수진이는 매일 보고 싶을 때마다 볼 수 있겠지? 부럽다. 너무 부럽다. 나에게는 이렇게 어려운 일이 수진이에게는 밥 먹는 것처럼 쉬운 일이라고 생각하니 괜히 울적해지고 기분이 이상해진다. 오빠가 보고 싶다. 수진이가 부럽다.

1999.3.5.(금)

방학이 끝났다. 종강한 게 엊그제 같은데 벌써 개강이라니,

시간이 참 빠르다. 아직 바람이 제법 쌀쌀하지만, 캠퍼스에는 봄처럼 화사하게 입은 신입생들이 여기저기 눈에 띈다. 파릇파릇하고 귀엽다. 20세기 마지막 학번들이다. 내가 입학했을 때가 엊그제 같은데 벌써 99학번이라니. 세월이 참 빠르다. 마음은 아직 스무 살 때랑 달라진 게 없는데 어느덧 졸업 학번이다. 개강 시즌인 만큼 학교 주변 술집에 빈 자리가 없을 정도로 술자리가 많다. 하지만 고학번인 우리들에겐 그저 부러운 일일 뿐이다. 취업을 위해 막바지 학점 관리에 열을 올려야 하는 시기다. 벌써 졸업한 동기들 소식도 들려왔다. 수진이도 이번 학기를 마치고 졸업을 할 예정이다. 수진이에게서 기다리던 혁건 오빠 소식도 들었다. 혁건 오빠는 취업준비 때문에 이번 학기가 정신없이 바쁠 거라고 했다. 아마 학교에서 자주 마주치지 못할 것 같다. 다행인 걸까.

1999.3.25.(목)

개강하고 지금까지 혁건 오빠를 본 적이 손에 꼽을 정도로 적다. 수진의 말대로 아마도 오빠가 바빠서겠지. 오늘 정말 오랜만에 학교에서 혁건 오빠를 보았다. 마지막 강의를 같이 들은 친구와 저녁을 먹고 나와 캠퍼스를 걷고 있는데 혁건 오빠가 먼저 다가와 반갑게 인사했다. 여전히 오빠를 보는 것이 힘들지 않은 건 아니지만 그래도 예전보단 한결 낫다. 가벼운 안

부를 물었다. 오빠는 이력서 지원에 시험까지 겹쳐 정신없이 보내고 있다고 했다. 오빠가 근황을 묻길래 그냥 잘 지내고 있다고만 대답했다. 약한 모습을 보이고 싶지 않다. 아직 쌀쌀한 날씨였지만 혁건 오빠를 만나 오늘 하루는 봄처럼 따뜻했다.

1999.4.2.(금)

요즘 중간고사 기간이라 정신이 없다. 두 과목밖에 없어서 예전만큼 스트레스를 받지는 않지만 그래도 시험은 시험이다. 어서 빨리 시험이 끝났으면 좋겠다. 무슨 일인지 수진이는 혁건 오빠와 사이가 별로 안 좋아 보인다. 말은 안 하지만 그런 것들이 같이 있으면서 느껴진다. 아마 시험 기간이라 서로 예민해져 있는 게 아닐까. 이러면 안 되지만 둘 사이가 예전처럼 좋아 보이지 않아 내심 다행이라는 생각을 했다. 사람 일은 어떻게 될지 모르는 거니까. 난 그저 모르는 척 밝은 모습만 보일 뿐이다.

1999.4.12.(월)

드디어 중간고사가 끝났다. 시험을 아주 만족스럽게 본 건 아니지만 그래도 시험이 끝나 홀가분하다. 다음 주부터 다시 강의들이 시작되겠지만 잠시나마 시험이 끝난 즐거움을 만끽해본다. 아직 시험이 다 끝나지 않은 친구들이 있어 다 같이 모이는 건 다음 주나 될 것 같다. 그 동안 아르바이트도 하고 시험 때문에 못 만났던 친구들도 만날 생각이다. 수진이는 시험을 잘 못 본 건지 다른 이유가 있는지 별로 얼굴이 좋지 않다. 눈치가 보여 직접 물어보지는 못했지만 내심 혁건 오빠와 싸운 건 아닐까, 하는 기대를 했다. 모르겠다. 그냥 지금은 자유를 즐겨야겠다.

1999.4.17.(토)

내일부터 큰비가 온다는 소식이 있다. 며칠 전부터 친구들과 만나면 바쁘게 벚꽃을 보러 돌아다니고 있다. 큰비가 내리고 나면 예쁜 잎들이 다 바닥에 떨어질 테니까. 벚꽃은 이미 만개 할대로 만개하여 요즘 어딜 가나 꽃비가 흩날리고 있다. 결국 벚꽃을 핑계 삼아 술자리가 잡혔고 그게 바로 이번 토요일이었다. 벚꽃이 활짝 핀 캠퍼스는 봄 그 자체였다. 구름처럼 뭉쳐 있던 꽃잎들이 허공에 흩날리는 광경을 넋 놓고 바라봤다. 마지막 꽃구경도 할 겸 술자리는 캠퍼스 안의 벚나무 광장으로 정했고 다들 동의했다. 나랑 수진이는 수업이 없어 빨리 자리를 잡으러 갔지만 이미 명당자리는 우리보다 먼저 나온 사람들이 차지하고 있었다. 그래도 우린 큰 나무 밑 나름 좋은 자리에 돗자리를 폈다. 연분홍빛 꽃잎이 세상을 온통 물들이고 있었다. 봄의 절정이었다. 우리가 앉은 돗자리 위로 벚꽃잎이 떨어졌다. 시간이 지나면서 친구들이 하나둘씩 모여들었다. 이번 꽃놀이에는 음식을 한 가지씩 챙겨오기로 했다. 치킨과 탕수육을 사 온 친구들도 있었고 수진이는 특별히 직접 싼 김밥을 준비했다. 웬 김밥이냐고 물어보니 혁건 오빠와 소풍갈 때 많이 싸봐서 이번에도 준비했다고 했다. 부러우면서 씁쓸했다. 친구들이 다 모이고 어느 정도 음식들로 배를 채우자 슬슬 술자리가 시작됐다. 술자리는 즐거웠다. 따뜻한 봄날 벚꽃 밑에서 친구들과 마시는 술은 정말 달콤했다. 시험이 끝났다는 여유로움, 내일이 일요일이라는 편안함, 아름답고 따뜻한 봄날. 모든 게 좋았다. 술이 한두 잔 들어가니 다양한 이야기가 돌다 지난번처럼 혁건 오빠 얘기가 나왔고 취기가 오른 친구들은 또 이 자리에 혁건 오빠를 부르라는 소리를 해댔다. 나도 내심 기대하는 마음을 가지고 침묵으로 친구들의 뜻에 동조했다. 수진이는 잠깐 고민하더니 결국 공중전화로 가 혁건 오빠에게 연락했다. 기뻤다. 나는 기쁨을 주체할 수가 없어 실없이 웃고 뻔한 농담을 던져댔다. 시원한 맥주 캔을 막 딴 것처럼 활기를 내뿜었다. 혁건 오빠는 해가 거의 사라질 무렵이 다 되어서 도착했다. 어둑해진 저녁, 오랜만에 불어오는 포근한 봄바람을 맞으며 보는 혁건 오빠의 얼굴은 여전히 멋있었다. 반가웠다. 보기만 해도 좋았다. 어둠이 완전히 깔렸을 때 우리는 다들 술이 꽤 취해 있었다. 나는 화장실에 가기 위해 자리에서 일어났다.

그 순간 혁건 오빠도 화장실에 간다며 같이 자리에서 일어났다. 다들 아무 신경 안 쓰는 눈치였다. 술자리에서 화장실 가는 것을 신경 쓰는 사람은 아무도 없었다. 나는 애써 관심 없는 척 신발을 챙겨 신고 앞으로 걸어갔다. 살짝 천천히 걷고 있자 혁건 오빠가 재빨리 옆으로 다가왔다. 나는 아무 상관 없는 척 앞만 보고 계속 걸었지만 온몸은 찬물을 뒤집어쓴 것처럼 뻣뻣해졌다. 밤공기는 그리 차갑지 않았다. 봄의 끄트머리에서 우리는 함께 걸었다. 화장실이 있는 법대 건물까지는 실제로 멀기도 했지만 혁건 오빠와 함께 걷다보니 더욱 시간이 느리게 가는 것 같았다. 혁건 오빠를 몇 번 만나본 적은 있어도 단둘이 있는 건 처음이었다. 술기운 때문인지 혁건 오빠 얼굴이 더 잘생겨 보였다. 벚꽃이 떠다니는 밤공기 속에서 혁건 오빠와 나, 세상에 단둘만 있는 기분이었다. 다소 빠른 혁건 오빠의 걸음에 맞춰 심장도 한 템포씩 빨리 뛰기 시작했다. 혁건 오빠가 말을 걸어왔다. 달큰한 복숭아 향기가 났다. 오빠가 걱정되는 말투로 많이 마셨는지 물었다. 난 취한 모습을 보이고 싶지 않았다. 괜찮다고 대답했다. 말은 괜찮다고 했지만 발걸음은 그렇지 않았다. 나는 걷는 법을 잊은 사람처럼 삐걱대며 걷고 있었다. 그러다 갑자기 불쑥 서운한 마음이 솟구쳤다. 화도 났다. 왜 그러는지는 모르겠지만 그랬다. 혁건 오빠가 좋지만 이러면 안 된다는 걸 나는 잘 알고 있었다. 아무것도 하면 안 되는 나에게 화가 났다. 혁건 오빠 잘못이 하나도 없다는 걸 알고 있었지만 괜히 서운했다. 내가 오빠 옆에 있고 싶었다. 오빠 옆에 있는 사람이 나이고 싶었다. 지금 법대를 향해 나란히 걷고 있는 것처럼 언제나 계속 함께 걷고 싶었다. 미운 마음에 발을 뻗어 오빠를 차는 시늉을 했지만 몸이 말을 듣지 않아 내 몸만 휘청거렸다. 오빠가 다시 괜찮냐고 물었다. 나는 대답 대신 오빠에게 더 친해지고 싶다고 말했다. 그게 내가 할 수 있는 최선이었다. 그러자 오빠도 나와 더 친해지면 좋겠다고 대답했다. 인생에서 다시는 없을 달콤한 시간이었다. 천천히 한 걸음씩 우리는 그렇게 앞으로 걸었다. 법대 건물은 환하게 불이 켜져 있었다. 나는 말없이 여자 화장실로 들어갔다. 세면대 앞에 멍하니 섰다. 볼은 조금 붉어져 있었고 심장은 빠르게 뛰고 있었다. 화장실에서 나오니 오빠가 몇 걸음 떨어진 곳에 서 있었다. 혁건 오빠가 나를 기다리고 있다고 생각하자 다시 벅차올랐다. 법대에서 친구들이 있는 곳까지는 또다시 꽤 걸어야 했다. 학교 안이곳저곳에서 본격적인 밤이 시작됐다. 숨을 깊게 들이쉬자 밤공기가 한 움큼 밀려들어왔다. 오토바이 소리, 자동차 소리가 멀리서 들려왔다. 이 밤이었다. 그것은 바로 이 밤이었다. 내 인생에서 가장 중요한 결심을 하게 만든 건 바로 이날 밤이었다. 멀리서 들려오던 오토바이 소리는 어느새 가까운데서도 들려오고 있었다. 여전히 몽롱한 가운데서 내 시선은 혁건 오빠에게 고정되어 있었다. 아직도 그 순간이 또렷하게 기억이 난다. 으르렁거리는 소리와 날카로운 경적이 한꺼번에 쏟아졌다. 고개를 돌리자 눈부시게 하얀 빛이 나를 향해 다가오고 있었다. 오토바이였다. 빠르게 다가오는 오토바이를 보는 순간 내 몸은 딱딱하게 굳었다. 그 순간 몸을 전혀 움직일 수 없었다. 다리가 땅에 붙어 움직이지 않았다. 시선도 고정됐다. 아무것도 할 수 없었다. 오토바이가 다가오는 모습이 슬로우모션처럼 선명하게 보였다. 그 짧은 순간, 입은 비명을 지르기 위해 벌어졌지만 마치 성대가 없어진 것마냥 아무 소리가 나오지 않았다. 비명을 쥐어짜던 그 순간 무엇인가 내 어깨를 거칠게 낚아챘다. 갑자기 시선이 홱 돌아갔다. 두세 걸음 정도 옆으로 몸이 옮겨졌다. 마치 놀이기구를 탄 것 같은 느낌이었다. 동시에 오토바이가 옆을 스쳐 지나가면서 느리게 흐르던 시간도 제 속도를 되찾았다. 굳었던 몸도 한순간에 풀렸다. 오빠가 두 손으로 내 어깨를 잡고 있었다. 고개를 돌려 놀란 눈으로 오빠를 바라보았다. 우리의 시선이 허공에서 부딪혔다. 심장이 두근거렸다. 아니 폭주할 것처럼 심장이 거세게 뛰었다. 오토바이 때문에 놀란 것보다 더 빠르게 뛰었다. 내가 괜찮은 것을 확인하고 다시 걸어가는 오빠의 뒷모습에서 나는 눈을 뗄 수가 없었다. 그 순간 나는 완전하게 내 마음을 알아차릴 수 있었다. 오빠를 좋아하는 내 마음은 영원히 감출 수가 없는 것이었다. 애써 부정하려 해도 나는 절대 오빠에게서 벗어나지 못할 운명이었다. 오빠에 대한 내 사랑은 참을 수가 없는 것이었다. 동시에 나는 결심했다. 혁건 오빠를 꼭 내 남자 친구로 만들 것이다. 혁건 오빠와 내 사이를 방해하는 건 모조리 없앨 것이다.

1999.5.6.(목)

혁건 오빠를 어떻게 하면 남자 친구로 만들 수 있을지가 요즘 최대 고민이다. 머리를 아무리 써봐도 방법이 잘 떠오르지 않는다. 수진이라는 가장 큰 장벽이 막고 있어서 뭘 할 수가 없다. 둘 사이가 너무 두터워 보인다. 내가 비집고 들어갈 만한 자리는 아직 보이지 않는다.

1999.5.28.(금)

수진이가 혁건 오빠의 취직 소식을 알려왔다. 한장물산이었다. 요즘 같은 시기에 취업을 하는 것만 해도 정말 대단한데 한장물산 같은 대기업이라니. 정말 감탄밖에 나오지 않았다. 혁건 오빠가 멋진 건 알고 있었지만 이정도일 줄은 몰랐다. 수진이의 얼굴도 그 어느 때보다 밝았다. 간만에 모인 동기들의 술자리는 순식간에 혁건 오빠 취업 축하자리처럼 변했다. 친구들은 또다시 혁건 오빠를 부르라고 난리였고 수진이도 내심 싫지 않은 모양새였다. 혁건 오빠의 얼굴을 오랜만에 보니 정말 좋왔다. 바라만 보고 있어도 좋았다. 하지만 수진과 오빠의 사이도 전에 없이 다정해 보였다. 오빠가 취업까지 한 마당에 둘 사이 갈등 같은 게 있을 리 없었다. 수진이 더 부러워졌다. 애써 밝은 척 했지만 부럽고 질투 나는 건 어쩔 수 없다. 수진이가 눈치채지 못하도록 혁건 오빠에게 축하한다는 말만 연신 건넸다. 오빠는 이런 내 마음을 알까. 혁건 오빠 옆에 있는 사람이 나여야 하는데, 이렇게 좋은 날에 옆에 있는 사람이 내가 되어야 하는데……. 나는 꼭 혁건 오빠의 옆자리를 차지할 것이다.

1999.6.11.(금)

오늘 수진이에게 혁건 오빠의 입사가 이달 말이라는 이야기를 들었다. 역시 한장물산 같은 회사는 IMF도 비껴가나 보다. 남들은 입사가 자꾸 미뤄지네, 회사가 어려워 연수를 못 받네 하지만 그런 것 없이 혁건 오빠는 합격 후 곧바로 입사하게 된 것이다. 정말 잘된 일이지만, 오빠가 입사를 하게 되면 이제 정말 오빠를 볼 기회가 없어질 것 같아 걱정이다.

1999.6.17.(목)

여전히 혁건 오빠를 남자 친구로 만들 방법은 떠오르지 않는다. 무엇보다 혁건 오빠를 만날 기회가 너무 적다. 원래도 그렇게 많지는 않았지만 혁건 오빠의 입사가 결정된 후에는 더 기회가 적어졌다. 내가 가지고 있는 거라곤 혁건 오빠의 연락처뿐이다. 그나마 수진이가 핸드폰이 없는 것이 다행이라면 다행일까. 마땅한 방법이 떠오르지 않는다. 답답함만 늘어간다.

1999.6.23.(수)

이번 학기가 끝나가도록 뾰족한 방법은 생각해내지 못했다. 날씨는 점점 더워지고 있다. 날씨를 핑계 삼아 연락을 해볼까 했지만 이내 마음을 접었다. 아무리 생각해도 그 방법은 진짜 아닌 것 같다. 우연한 만남을 노리고 학교 근처를 배회해봤지만 그것도 소용이 없었다. 아무리 학교를 돌아다녀도 혁건 오빠를 마주칠 수 없었다. 어쩌면 당연했다. 취직도 확정된 마당에 오빠가 학교에 더 있을 이유는 없었다. 괜히 더워지는 날씨에 힘만 뺐다.

1999.6.28.(월)

결국 혁건 오빠는 입사를 했고 나는 방학을 했다. 얼굴도 한번 못 보고 이대로 방학이라니. 참 기분이 뒤숭숭하다. 날씨는 이제 본격적인 여름의 한가운데로 들어섰다. 방학은 했지만 아이스크림 가게에서 계속 수진이를 만날 거기 때문에 접점이 완전히 사라진 건 아니다. 수진이를 보면 오빠에 대한 내 마음이 더욱 불타오른다. 포기하고 싶을 때마다 수진이를 보면서 마음을 다잡는다.

1999.7.23.(금)

요즘 더위가 절정이다. 날이 너무 더워 오히려 아르바이트를 하러 가고 싶은 지경이다. 요즘에도 수진이와 함께 일하고 있다. 수진이는 졸업을 앞두고도 초조하거나 혼란스러운 모습을 보이지 않았다. 사실상 수진이의 졸업 후 계획은 올해 초부터 정해져 있었다. 그런 수진이가 부럽다. 목표가 뚜렷한 저 삶도 부럽고 무엇보다 혁건 오빠의 여자 친구인 게 부럽다. 수진이는 혁건 오빠 이야기를 많이 하지 않는다. 오빠 소식을 들을 수 있는 거의 유일한 통로라서 오빠 이야기가 너무 궁금하지만 애써 나는 참아야 한다. 티를 내면 안 되니 그저 기다릴 뿐이다. 오빠는 무사히 연수를 마치고 회사를 잘 다니고 있는 것 같았다. 바쁘다는 소식만 계속 들었다. 오빠가 보고 싶다.

1999.8.4.(수)

오늘 정말 기적 같은 일이 일어났다. 이건 기적이라고밖에 표현할 말이 없다. 혁건 오빠에게서 먼저 연락이 왔다. 저녁에 집에 누워 있는데 전화가 와 별생각 없이 받았는데 혁건 오빠 목소리가 들려와 깜짝 놀랐다. 전화기를 통해서는 처음 듣는 목소리였지만 역시나 다정하고 듣기 좋았다. 계속 듣고 싶은 목소리였다. 전화 내용은 별거 없었다. 그냥 서로의 안부를 물었다. 오빠는 잘 지낸다고 했다. 난 무슨 말을 어떻게 해야 할지 몰랐지만 어떻게든 오빠의 목소리를 오래 듣고 싶어 정말 아무 말이나 꺼냈다. 오빠는 내가 무슨 말을 하든 웃으면서 잘 받아주었다. 별로 중요한 얘기들은 아니었지만 오빠가 나에게 연락을 했다는 것 자체만으로 날아갈 듯 기뻤다. 오빠는 다음에 기회되면 또 보자는 이야기를 남기고 전화를 끊었다. 난 다음에 또 만나자는 말에 진심을 가득 담아 대답했다. 한 여름 밤의 꿈 같은 시간이었다. 아직도 그때를 생각하면 두근거린다.

1999.8.8.(일)

전략을 바꾸기로 했다. 일단 혁건 오빠와 수진이가 헤어지게 만들고 난 뒤 다음 단계를 생각해보기로 했다. 나와 오빠 사이에 장애물이 없어야 뭘 해도 해볼 수 있을 거니까. 우선 우리 사이에서 수진이가 사라져야 한다. 수진이가 사라져야 오빠에게 마음 놓고 편안하게 다가갈 수 있다. 수진이가 꼭 유학을 떠날 수 있도록 할 생각이다.

1999.8.13.(금)

벌써 다음 주면 수진이가 졸업을 한다. 입학해서 처음 만난 게 엊그제 같은데 벌써 수진이가 졸업이라니, 시간이 참 빠르다. 수진이 졸업 선물로 향수를 준비했다. 수진이는 내가 추천해주는 향들을 대부분 좋아했다. 아마 이번에도 이 향수를 주면 좋아하며 잘 쓸 것이다. 그리고 무엇보다 이 향수는 혁건 오빠가 싫어하는 향이다. 지난번 술자리에서 오빠의 향수 취향을 알아냈다. 누구나 무난하게 좋아할 만하지만, 혁건 오빠는 싫어한다던 그 향으로 준비했다. 딱이었다. 모든 사고는 작은 균열에서부터 시작한다. 이 향수가 바로 그 균열의 시작이 되길 내심 기대해본다.

1999.8.18.(수)

이걸 쓰는 지금도 믿기지 않지만 오늘 또 오빠에게서 전화가 왔다. 아무 생각 없이 전화를 받았는데 놀랍게도 혁건 오빠였다. 목소리를 듣는 순간 심장이 멈추는 줄 알았다. 그래도 첫 번째보다는 훨씬 침착하게 전화를 받았다. 간단한 안부인사를 주고받은 후 오빠가 용건을 말했다. 내일 수진이 졸업식에 꽃다발을 대신 전달해달라는 것이었다. 오빠는 회사 일이 바빠 졸업식에 참석하지 못한다고 했다. 나는 흔쾌히 알았다고 했다. 꽃다발이든 졸업식이든 뭐든 혁건 오빠에게서 연락 온 것 자체가 너무 좋았다. 오빠가 고맙다며 나중에 맛있는 밥을 사주겠다는 약속도 했다. 수진이가 졸업하는 덕분에 뜻밖의 행운을 얻게 되었다. 기분이 좋다. 빨리 시간이 지나 오빠와 밥 먹는 날이 왔으면 좋겠다. 내일 기분 좋게 수진이의 졸업식에 갈 수 있을 것 같다.

1999.8.19.(목)

무사히 졸업식을 마쳤다. 꽃다발도 잘 전달했고 뒷풀이도 잘 끝났다. 졸업식 내내 머릿속에는 한 가지 생각밖에 없었다. 집에 오자마자 졸업식 꽃다발을 무사히 전달했다는 핑계로 이번엔 내가 먼저 혁건 오빠에게 연락했다. 딱히 한 말은 없었다. 서로 안부를 묻고 꽃다발을 잘 전달했다는 것과 고맙다는 말들이 오고 갔다. 전화를 끊기 전 용기를 내 오빠에게 언제 밥을 사줄 거냐고 물었다. 그러자 오빠는 웃으며 먹고 싶을 때 언제든지 연락하라고 대답했다. 그 말을 듣는 순간 하루 종일 더위 속에서 고생했던 것들이 눈 녹듯 사라졌다. 설렌다. 조만간 오빠에게 연락해봐야겠다.

1999.8.30.(월)

여름방학이 끝이 났다. 어떻게 지났는지도 모르게 순식간에 지나갔다. 제일 또렷하게 기억에 남는 건 역시 혁건 오빠에게서 온 연락이다. 두 달 이상의 방학 동안 제일 값진 순간은 혁건 오빠에게서 온 두 번의 연락, 그때였다. 그것만으로도 이번 방학은 의미가 있었다. 다시 생각해도 황홀하다. 방학이 끝나고 학교로 돌아가니 아는 얼굴이 눈에 띄게 줄어 있었다. 이제 수진이도 학교에 없고, 마음이 뒤숭숭하다. 방학이 끝나서 헛헛한 건지 수진이가 없어서 헛헛한 건지 아니면 혁건 오빠 때문인지. 9월이 다가오니 이상하게 헛헛하다.

1999.9.3.(금)

오늘 드디어 혁건 오빠와 밥을 먹었다. 오늘 마침 수업도 없고 아르바이트도 없는 날이라 슬쩍 오전에 혁건 오빠에게 전화해봤는데 오빠가 흔쾌히 회사로 오라고 했다. 점심 시간보다 살짝 일찍 오빠 회사에 도착했다. 대기업은 역시 뭐가 달라도 달랐다. 건물은 고개를 들어 한참 올려다봐도 끝이 보이지 않을 정도로 높고 거대했고 위압적이었다. 사람 열 명은 한꺼번에 들어갈 수 있을 것 같은 큰 회전문을 통해 로비로 들어서자 말끔한 차림의 사람들이 바쁘게 돌아다니고 있었다. 새삼 한장물산의 위상을 느낄 수 있었다. 로비에서 기다리고 있으니 오빠가 시간에 맞춰 내려왔다. 오빠에게 초밥을 사달라고 했다. 깔끔하게 먹을 수 있는 음식을 고민하다 겨우 고른 메뉴였다. 오빠가 데려간 곳은 회사 근처의 고급스러운 초밥집이었다. 메뉴판에 써 있는 가격을 보고 놀랐지만 오빠는 익숙해 보였다. 그런 모습마저 멋있었다. 초밥을 먹으면서 이런저런 생각나는 얘기들을 했다. 아르바이트, 학교, 친구들 이야기. 수진이 얘기가 나오자 오빠는 꽃다발을 대신 전달해줘서 정말 고맙다고 다시 인사했다. 오빠의 부탁이라면 언제든 환영이었다. 무엇이든 오빠와 접점만 생긴다면 다 좋았다. 나는 수진이 관련해서든 뭐든 내가 도울 수 있는 일이 있으면 돕겠다고 말했다. 사소한 거라도 부탁이있거나 궁금한 게 있으면 언제든 연락하라고 했다. 좋은 기회였다. 같이 밥을 먹으면서 전보다는 꽤 친해진 것 같았다. 앞으로 계속 봤으면 좋겠다. 점심을 먹고 나서 오빠와는 바로 헤어졌다. 오빠는 바빠 보였다. 더 같이 있지 못해 아쉬웠지만 그래도 괜찮았다. 오빠와 단둘이 식사라니 얼마 전까지는 꿈도 꿔본 적 없는 일이다. 또 기회가 계속 있을 것이다. 이 정도만 해도 엄청난 발전이다.

1999.9.7.(화)

어차피 몇 달 후면 수진이는 유학을 떠날 텐데, 그냥 수진이가 떠날 때까지 가만히 기다리면 되지 않을까 싶기도 했다. 사실은 그러고 싶다. 둘 사이를 멀어지게 할 방법도 잘 떠오르지 않고 저번에 선물해준 향수가 효과가 있는지도 모르겠다. 애초에 그런 걸로 금이 갈 사이가 아닐 거라고 생각하긴 했지만 막상 아무 반응이 없으니 아쉬웠다. 그냥 이대로 시간에 맡겨서 문제를 해결하고 싶은 마음도 있지만 좀 더 빨리 오빠와 수진이가 헤어지도록 만들어야 할 것 같다. 그냥저냥 있다가 혹시나 수진이의 유학 때문에 둘이 결혼을 서두르거나 하다못해 약혼이라도 하게 된다면 그땐 정말 상황이 어려워지는 것이다. 또 수진이가 유학을 안 가게 되는 상황이 발생할 수도 있다. 혁건 오빠와 결혼하고 자연스레 유학을 가지 않게 될 수도 있고 올해 입학 허가가 나오지 않아 내년이나 그 다음 해에 가게 될 수도 있다. 그럴 경우에도 혁건 오빠는 점점 나에게서 멀어져 갈 것이다. 가만히 손을 놓고 있을 수는 없었다. 둘이 하루라도 빨리 헤어지게 만들어야 했다. 최소한 둘이 결혼하는 것만은 막아야 한다. 머리를 더 굴려봐야 할 때이다.

1999.9.9.(목)

오늘 좋은 생각이 떠올랐다. 진짜로 이게 통할지는 모르겠지만 지금으로썬 가장 최선의 방법이다. 반납 기한이 가까워진 비디오가 있어 오늘 급하게 보다가 뜻하지 않게 아이디어를 얻었다. 내가 잘해낼 수 있을까……. 할 수 있는 건 뭐든 해봐야 한다.

1999.9.12.(일)

오늘 삼촌을 만나 미리 부탁해두었던 물건을 받았다. 방송국에서 사용하는 전화기 부착식 음성변조장치 소품이었다. 전화를 받는 사람에게는 내 목소리가 고등학생쯤 된 소녀의 목소리처럼 들릴 것이다. 함께 부탁했던 발신번호 변경 기기 같은 건 없다고 했다. 대신 발신번호가 뜨지 않도록 전화하는 법을 알려주었다. 삼촌의 의심을 피하기 위해 친구 깜짝 생일 파티에 사용할 거라고 미리 말하는 것도 잊지 않았다. 삼촌은 더 이상 캐묻지 않았다. 삼촌과 함께 테스트도 해보았다. 완벽했다. 이제 계획을 실행에 옮기는 일만 남았다.

1999.9.14.(화)

내가 생각해낸 것은 미스터리를 이용한 방법이다. 요즘 사람들은 세기말이니 종말이니 하는 미스터리에 관심이 많다. 나라 전체가 새천년, 세기말에 빠져 있는 느낌이다. 이것을 이용해 혁건 오빠와 수진이를 헤어지게 만들 것이다. 계획은 단순하다. 남자 친구와 헤어지라는 전화가 미래에서 걸려온다. 이것이 핵심이다. 특별히 믿는 종교가 없고, 재미로 사주 같은 걸 본 적도 있는 수진이라면 충분히 통할 것이다. 미래에서 걸려온 전화인 척하며 수진이에게 접근한다. 처음부터 헤어지라고 하는 건 의심을 살 수도 있으니 일단 수진이 이 전화가 진짜 미래에서 걸려온 전화라고 믿도록 만드는 게 중요하다. 그리고 나서 미래를 위해 혁건 오빠와 헤어지라고 부탁한다. 헤어질 때까지 부탁한다. 주요 골자는 그렇다. 전화할 때 수진이가 나를 알아차리지 못하도록 하기 위해 삼촌이 빌려준 물건을 사용할 예정이다. 물론 발신번호도 보이지 않게 전화를 건다. 들키지 않고 무사히 목표를 달성하기 위해 세세한 설정도 신경 써야 했다. 일단 전화를 거는 나는 수진이의 미래의 딸이라고 설정했다. 사실 미래에서 누가 전화를 걸어야 수진이가 믿을지 많이 고민했다. 아무리 미래라고 하지만 수진이가 잘 아는 사람이라면 분명 허점을 보이거나 거짓말인 걸 들킬 확률이 높았다. 그렇다고 수진이와 아무 상관 없는 사람으로 하기에는 수진이의 흥미나 관심을 일으킬 확률이 낮았다. 아무래도 자신과 관련이 있는 사람으로부터 걸려온 전화가 혹하기 쉬울 테니까. 그래서 생각해낸 게 딸이었다. 딸이라면 충분히 수진이와 가까우면서도 현시점에서 수진이가 한 번도 만나보지 못한 존재였다. 규칙도 중요했다. 우선 무슨 일이 있어도 지켜져야 하는 건 전화는 나만 일방적으로 걸 수 있어야 한다는 것이었다. 서로가 서로에게 전화를 걸 수 있으면 매우 위험하다. 정체가 탄로 나거나 이 전화가 거짓이라는 게 너무나도 쉽게 들통날 것이다. 그래서 전화를 걸 때는 삼촌이 알려준 발신번호가 뜨지 않는 방법을 이용한다. 수진이가 핸드폰이 없는 것도 큰 도움이 됐다. 수진이와 연락할 수 있는 방법은 오로지 집 전화밖에 없었다. 다음 통화 날짜와 시간을 미리 정해두고 그 시간에 내가 전화를 거는 방법을 택했다. 그렇게 하면 자연스레 수진이는 내가 거는 전화에 신경을 쓸 수밖에 없을 것이다. 특정 날짜와 시간에만 할 수 있으니 덤으로 신비감도 들 것이다. 수진이뿐만 아니라 나도 전화를 아무 때나 할 수 없으니 수진이의 조급함을 가중시키는 효과도 보일 것이다. 전화를 할 수 있는 횟수도 정했다. 수진이와 내가 통화할 수 있는 횟수가 정해져 있다고 하는 게 훨씬 그럴싸해 보였다. 5번? 아니 7번? 8번? 횟수는 아직 조금 더 생각해봐야겠다. 만약 나중에 횟수가 모자라게 되면 그건 그때 가서 다시 추가하면 될 문제였다. 애초에 말도 안 되는 상황에서 논리 따윈 필요 없었다. 첫 번째 통화에선 어떤 이야기를 하고 두 번째 통화에선 어떤 이야기를 하고 이어지는 통화에서 어떤 이야기를 할지는 조금 더 고민하고 다듬어야겠다. 아직은 엉성한 단계이다. 조금만 더 보완하고 나서 조만간 수진이에게 전화를 걸어야겠다. 이런 짓을 준비하다 보니 한편으로는 지금 뭐 하는 짓인가 싶고 내 자신이 참을 수 없이 초라하게 느껴지기도 한다. 하지만 혁건 오빠를 떠올리면 그런 생각들은 싸그리 사라진다. 혁건 오빠를 차지하기 위해선 무엇이라도 할 것이다. 이런 짓쯤은 정말 아무것도 아니다.

1999.9.15.(수)

내일은 드디어 수진이에게 전화하는 날이다. 모든 준비는 끝이 났다. 어떻게 할지 계획도 다 세웠고 기계 사용법도 완벽히 숙지했다. 드디어 내일 저녁 일곱 시 수진이에게 첫 전화를 건다. 많이 연습했지만 그래도 긴장된다. 미리 혼자서 상황연습도 해보았다. 확실히 말이 꼬이고 쉽지는 않았다. 이 계획에서는 연기가 가장 중요하다. 일단 수진이가 전화를 끊거나 무시하지 않도록 만들어야 한다. 최대한 반갑게, 정말 미래에서 온 전화처럼, 정말 딸이 엄마에게 전화를 한 것처럼 연기하는 게 관건이다. 가상의 수진이 딸 이름은 지연이다. 김지연. 내가 김지연 그 자체가 되어야 한다. 행여 조금이라도 삐끗해서 말을 하기도 전에 수진이가 끊어버리면 끝이다. 철저히 김지연이 되어야 한다. 끝까지 고민하던 횟수도 결정했다. 여섯 번이다. 적당한 횟수인 데다가 미스터리와 잘 어울리는 숫자 6이다. 여섯 번의 통화에서 각각 무슨 이야기를 할지 세부적인 계획도 다 세워두었다. 우선 나는 한수진의 딸 19살 김지연이다. 전화를 거는 건 지금으로부터 20년 후, 2019년이며 전화를 거는 시점에서 수진이는 이미 죽은 사람이다. 수진이는 유학과 교수의 꿈을 포기하고 혁건 오빠랑 결혼을 하게 되고 가상의 딸인 김지연과 아들 김두현을 낳게 된다. 그리고 혁건 오빠는 술을 마시고 회사에서 난동을 부리다 회사에서 잘리게 된다. 회사에서 나온 후 사업을 시작하지만 사업은 잘 안 되고 매일 술에 취해 수진이와 자식들에게 손찌검을 한다. 여느 때처럼 혁건 오빠가 술에 취한 밤 수진이는 저녁거리를 사러 갔다가 교통사고로 세상을 떠난다. 그리고 엄마의 안타까운 일생을 지켜본 나는 과거의 엄마를 한 번만 만나게 해달라고 매일 기도하고 결국 기도가 이루어져서 수진과 연락을 하게 된다. 이것이 내가 세운 시나리오다. 첫 번째 통화에서는 최대한 놀라고 반가운 척을 한다. 진짜 과거의 엄마와 연락하게 된 것처럼. 그리고 내가 수진의 딸이라는 것과 총 여섯 번 통화할 수 있다는 규칙에 대해 말해줄 것이다. 두 번째 통화까지는 미래에 대한 이야기는 꺼내지 않고 진짜 수진이의 딸인 것처럼 행동하여 먼저 의심을 없애도록 할 것이다. 세 번째 통화는 본론으로 들어가기 직전 유대감 형성을 위한 시간이 될 것이다. 그 후로는 차근차근 충격적인 미래에 대해 얘기해주고 수진이 이런 미래를 피할 방법은 오직 혁건과 헤어지는 방법뿐이라고 겁을 줄 것이다. 계획대로만 된다면 수진은 혁건과 헤어지지 않고는 버티지 못할 것이다. 긴장된다. 연기력과 순발력이 아무래도 중요할 것 같다. 사실 계획은 이렇게 세운다고 했지만 계획대로 흘러가리란 보장도 없고 수진이가 어떻게 나올지도 모른다. 상황에 따라선 전혀 엉뚱한 방향으로 흘러갈 수도 있을 것이다. 나머지 일은 정말 운에 맡길 수밖에 없다. 잘 되어야 할 텐데……. 날 구원해줄 계획이 이제부터 시작된다.

1999.9.16.(목)

오늘 드디어 첫 번째 전화를 걸었다. 오후 내내 연습을 하다 저녁 일곱 시에 맞춰 수진이 집으로 전화를 걸었다. 결론적으론 나름 성공적이었다. 음성변조도 잘 되었고 연기도 나름 괜찮았다. 처음 '여보세요' 하는 수진이의 목소리를 들으니까 그렇게 연습을 많이 했는데도 말문이 턱 막혔다. 계속되는 수진이의 물음에 겨우겨우 말을 짜내어 첫마디를 내뱉었다. 다행히 수진이는 내 목소리를 알아듣지 못하는 것 같았다. 막상 한 번 말을 시작하니 그 다음은 어렵지 않았다. 중간에 수진이가 전화를 끊을 뻔했을 때도 뻔뻔하게 연기해 전화를 이어갈 수 있었다. 이 전화는 미래에서 온 전화이고 나는 수진이 딸이라는 것 그리고 통화는 총 여섯 번만 할 수 있다는 준비해둔 설정도 모두 말했다. 어떻게 전화할 수 있었는지에 대해서는 적당히 둘러대려고 했는데 수진이 자세히 캐묻는 바람에 꿈속이니 전화번호니 하는 얘기를 즉석에서 꺼냈다. 역시 순발력이 중요한 것 같다. 위기도 가끔 있었지만 무사히 다음 전화 약속도 잡았다. 이틀 뒤 저녁 일곱 시이다. 첫 통화가 문제없이 끝나서 너무 다행이다. 기분이 좋다. 출발이 좋다. 나쁘지 않다. 전화하기 전에는 걱정이 가득했는데 나름 자신감도 붙은 것 같다. 이 기세 그대로 마지막 통화까지 이어졌으면 좋겠다.

1999.9.17.(금)

예상과 달리 수진이는 전화에 대해 아무 말도 없었다. 같이 아르바이트를 하는 동안 당연히 얘기를 꺼낼 줄 알았는데 아무 언급도 없어 오히려 궁금해졌다. 뭔가 혼란스럽거나 걱정하는 기색도 없이 평소 수진의 모습 그대로였다. 내가 먼저 말을 꺼내볼까, 하는 위험한 생각도 들었지만 꾹 참았다. 언젠가 수진이가 먼저 말을 꺼낼 것이다. 지금은 잠자코 기다릴 때이다.

1999.9.18.(토)

두 번째 통화까지 끝났다. 이번이 두 번째인데도 처음 수진이의 목소리를 들으니 또다시 말이 나오지 않았다. 목구멍을 끈으로 꽉 묶은 것 같았다. 수진이 두 번째 물었을 때 겨우 침묵을 깨트릴 수 있었다. 나 스스로를 지연이라고 칭하는 건 아직도 어색하다. 나는 한수진의 딸 김지연이라고 속으로 수백 번 연습했지만 그래도 어색하다. 오늘 전화에서 수진이가 진짜 몰라서 그런지 아니면 한번 떠보려고 그러는 건지 첫 번째 통화에서 알려줬던 조건들에 대해 자꾸 물었다. 혹시 뭔가 실수를 할까 봐 조건들을 메모해 둔 종이를 보면서 겨우 대답했다. 어쨌든 수진이 더 이상 의심하지 않았으니 잘 피해 간 것 같다. 오늘 통화에서는 그냥 엄마와 딸로서의 유대감을 만들어내 수진이 이 전화를 더욱 믿도록 만들 생각이었는데, 수진이 생각지도 못한 질문을 해왔다. 미래에 대해 물어볼 거라고 생각은 했지만 이렇게 빨리 물을 줄은 몰랐다. 통화의 주도권은 계속 나한테 있다고 안일하게 생각한 내 잘못이다. 수진이는 자신이 미래에 교수가 될 수 있는지 물었다. 아마도 요즘 수진이의 가장 큰 관심사는 그건가 보다. 질문을 받고 당황해서 얼버무렸다. 수진이는 그 틈을 놓치지 않았다. 등에서부터 식은 땀이 쫙 퍼졌다. 어차피 언젠가는 말할 얘기였기 때문에 조금 일찍 말해준다고 해서 그리 큰 문제는 없을 것 같았다. 수진에게 혁건 오빠랑 결혼하는 바람에 유학을 가지 못하고 결국 교수도 되지 못한다고 말해줬다. 역시나 충격적이었는지 수진이는 더 캐물었다. 더 이상 대답하다가는 휘말릴 것 같아 지금은 말해줄 수 없다고 둘러대며 황급히 통화를 끊었다. 다행히도 다음 전화 약속은 잡을 수 있었다. 다음 주 화요일 저녁 일곱 시이다. 수진의 과외가 없는 날로 일부러 잡았다. 시간이 조금 있으니 그때까지 잘 연습해서 다음번엔 당황하지 말아야겠다.

1999.9.20.(월)

수진이가 드디어 전화에 대해 얘기했다. 손님이 없어 잠시 쉬고 있을 때 수진이 앞으로 PD 준비를 계속할 거냐고 뜬금없이 물었다. 그럴 것 같다고 대충 대답하자 수진이가 슬쩍 교수 이야기를 꺼냈다. 그 말을 듣는 순간 내가 전화로 해줬던 얘기가 떠오르면서 머리 끝이 짜릿해졌다. 역시 수진이는 신경을 쓰고 있었던 것이다. 교수가 될 수 있을지 유학을 갈 수 있을지 묻길래 속으론 웃음이 났지만 꾹 참고 진지하게 대답했다. 나는 수진이가 유학의 꿈을 포기하지 않도록 당연히 독일 유학을 마치고 무사히 교수가 될 수 있을 거라고 응원했다. 진심이

었다. 진심으로 수진이가 유학을 가고 교수가 되길 바랐다. 수
진이는 교수가 되고 나는 혁건 오빠를 만나는 게 둘 다 사는 길
이다. 앞으로 전화를 통해 자연스럽게 미래엔 혁건 오빠와의
결혼 아니면 유학을 가서 교수가 되는 것, 두 가지 길밖에 없는
것처럼 몰아가야겠다.

1999.9.21.(화)

오늘 벌써 세 번째 통화를 마쳤다. 일곱 시에 맞춰서 전화를
걸었는데 거의 전화가 걸리자마자 전화를 받아서 살짝 놀랐다.
이젠 나를 지연이라고 지칭하는 것도 수진이를 엄마라고 부르
는 것도 어느 정도 입에 붙었다. 원래 계획대로라면 오늘까지
내가 딸이라는 걸 확실히 인지시키고 진짜 미래에서 걸려오는
전화라고 믿게 만들려고 했는데, 수진이가 또 예상치 못한 질
문을 하는 바람에 진도가 당겨져버렸다. 수진이는 자신이 이
전화를 믿도록 하기 위해서 미래 예측을 한 가지 해보라고 했
다. 미래 예측이라니…… 허술하게 얘기해봤자 거짓말이 들통
날 게 뻔했다. 어떻게든 빠져나가기 위해 그 자리에서 조건을
하나 더 지어냈다. 미래에 관한 건 두 번만 말할 수 있는데 지
금 기회는 한 번밖에 남지 않아 그런 중요하지 않은 얘기에 대
답해줄 수가 없다고……. 너무 급조한 티가 났을까 걱정했지
만 수진이는 나름 이해하며 넘어간 듯 보였다. 한 고비를 넘기

고 나서 황급히 주제를 돌리기 위해 수진의 일상에 대해 물었다. 수진이는 아르바이트 이야기를 하며 나에 대한 이야기도 해주었다. 나를 언급해서 살짝 당황했다. 수진이는 나를 가장 친한 친구라고 소개했고, 한 번도 내게는 직접 말한 적 없는 낯 부끄러운 칭찬도 늘어놓았다. 수진이의 말을 들으면서 이렇게 좋은 친구에게 내가 너무 나쁜 짓을 하고 있는 건 아닐까, 하는 생각도 잠시 들었지만 다시 마음을 굳게 먹었다. 그건 그거고 이건 이거다. 아무리 그래도 혁건 오빠를 향한 내 마음을 바꿀 순 없다. 다음 전화는 이번 주 목요일 저녁 일곱 시다. 아무래도 더 이상 본론을 미루면 안 되겠다. 계획에 없던 변수가 자꾸 나오는 기분이다. 다음 통화부터는 본격적으로 수진이의 미래에 대해 말해서 더 이상 대화가 계획 밖으로 벗어나지 못하도록 해야겠다. 이제 벌써 반이 지났다.

1999.9.23.(목)

이제 네 번째 통화이다. 시골 할머니 댁에 내려가자는 부모님께 몸이 안 좋다는 핑계를 대고 집에 혼자 남았다. 일곱 시 정각에 전화를 걸었다. 처음으로 수진이가 반가운 목소리로 전화를 받았다. 살짝 기뻤다. 이제는 지연이라고 칭하는 것도, 엄마라고 부르는 것도 자연스럽다. 추석이라 바쁜 건지 수진은 연결음이 몇 번 울리고서야 전화를 받았다. 길어지는 연결음 때문에 생긴 불안은 수진이의 반가운 목소리에 순식간에 사라졌다. 이제는 충격요법을 쓸 때였다. 폭탄을 터트려 수진이가 오히려 내 전화를 기다리도록 만들 계획이었다. 간단한 인사를 마치고 바로 본론으로 들어갔다. 혁건 오빠와 헤어지라고 단도직입적으로 말했다. 지난번 즉흥적으로 만들어낸 규칙들이 우연치 않게 효과를 발휘했다. 헤어지라고, 혁건 오빠와 결혼하지 말라고. 혁건 오빠 때문에 수진의 인생이 망가지게 된다고 거의 절규에 가깝게 소리쳤다. 생각해두었던 시나리오를 그대로 다 말해줬다. 결혼, 유학 포기, 해고, 사업실패, 폭력까지 다 쏟아냈다. 수진이의 죽음만 빼고. 죽음은 피날레를 장식할 마지막 폭죽이었다. 지연에게 이입하여 한바탕 쏟아내니 감정이 북받쳐 마지막엔 눈물까지 났다. 정말 내가 김지연이 된 것만 같았다. 수진이가 내 엄마인 것 같았다. 내가 정말 과거의 엄마에게 인생을 바꿀 마지막 기회를 주고 있는 것 같은 느낌이 들었다. 수진이도 충격이 적지 않았는지 말을 잇지 못했다. 다음 통화는 월요일 저녁 일곱 시로 정하고 일방적으로 전화를 끊었다. 수진이는 마지막까지 말을 하지 못했다. 그래도 수진이는 내 전화를 무시하지 못할 것이다. 이렇게까지 했으면 온 신경이 전화에 가 있을 것이다. 이제 마지막까지 딱 두 번 남았다.

1999.9.26.(일)

추석 연휴를 맞아 오랜만에 친구들이 모였다. 물론 수진이도 함께였다. 언제나 그랬듯 근황이나 취업 고민 같은 시시콜콜한 이야기들이 이어졌다. 수진이가 그 말을 꺼내기 전까지는. 누군가 수진이에게 유학 준비에 대해 물었고 수진이는 어려움을 토로했다. 나는 그 틈을 놓치지 않고 수진이를 응원했다. 수진이가 유학에 대해 나약해지면 안 된다. 응원은 진심이었다. 그렇게 대화가 일단락되나 싶더니 별안간 수진이가 신기한 일이 있다며 이야기의 물꼬를 텄다. 그 순간 나는 이제 그토록 기다리던 이야기가 수진이의 입에서 나올 거란 걸 짐작했다. 역시나 수진이는 친구들에게 미래에서 걸려온 전화에 대해 터놓기 시작했다. 나는 아무것도 모르는 척 수진이의 말을 경청했다. 수진이는 미래의 딸에게서 전화가 왔으며 전화할 수 있는 횟수가 정해져 있고 정해진 시간에 집 전화로 전화가 걸려온다는 것까지 대부분 말했지만 가장 중요한 것은 끝끝내 숨겼다. 유학을 가지 못하고 교수가 되지 못한다는 것, 그리고 불행한 미래를 피하기 위해 혁건 오빠와 헤어져야 한다는 것. 수진이는 그 사실들에 대해선 끝까지 침묵했다. 나는 유학을 응원한 것과는 다르게 전화에 대해서는 부정적인 태도를 취했다. 무시하라고, 심한 장난 같다고 수진이를 말렸다. 수진이는 어떤 결정을 내릴 때 혼자 고민하고 혼자 결론짓는 스타일이었다. 그러니 수진이가 친구들과의 술자리에서 전화에 대해 얘기했다는 건 어떻게 됐던 간에 수진이의 태도는 다 정해진 후라는 뜻이었다. 이런 상황에서는 그냥 진짜 친구로서 반응해주는 편이 나을 것이다. 괜히 나서서 전화가 진짜일 수도 있으니 딸의 말을 잘 들으라는 말도 안 되는 소리를 하면 수진이의 의심만 살 것이었다. 술자리가 끝나갈 때쯤 혁건 오빠가 수진이를 데리러 왔다. 오랜만에 보는 오빠의 얼굴은 여전히 매력적이었다. 다시 심장이 터질 것처럼 뛰었다. 아무렇지 않은 척 오빠 옆자리에 앉아 자연스럽게 챙겨주면서 대화를 나눴다. 뜻밖의 수확도 건졌다. 오빠도 전화에 대해 알고 있었다. 오빠의 반응을 보니 오빠에게도 중요한 미래에 대해서는 말을 하지 않은 것 같았다. 오빠도 그리 대수롭지 않게 여기는 눈치였다. 전화에 대해 더 듣고 싶었지만 대화는 거기까지였다. 준비를 마친 수진이는 인사를 남긴 채 혁건 오빠와 사라졌다. 아쉬웠다. 더 있고 싶었다. 오빠를 더 보고 싶었다.

1999.9.27.(월)

다섯 번째 전화까지 마쳤다. 이번 전화는 거의 걸자마자 수진이가 받았다. 목소리도 상기되어 있었다. 확실히 지난 통화 때와는 달라진 태도였다. 심지어 수진이는 계속 내 전화만 기다렸다고 했다. 아직 나를 진짜 미래의 딸 김지연으로 완벽하게 믿는 건 아니지만 그렇다고 100% 장난 전화로도 생각하지 않는 것 같았다. 처음 수진이 반응과 비교해보면 내 계획이 어느 정도 잘 진행되고 있다는 뜻이기도 했다. 수진이는 이 전화가 진짜인지 장난인지 아직까지도 혼란스럽다고 말했다. 저번에 술자리에서 말을 꺼냈던 터라 이미 수진이 마음의 결정을 내렸을 거라 생각했는데 그게 아니었나 보다. 아니면 끝까지 나를 떠보는 중일 수도 있었다. 수진이는 계속 우물쭈물하는 모습을 보였다. 나는 정말 수진의 딸이 된 듯 진심으로 충고했다. '엄마의 인생을 최우선으로 생각해.' 수진이는 여전히 갈피를 못 잡는 듯 보였다. 다음 전화는 목요일 저녁 일곱 시로 정했다. 수진이는 내게 건강히 잘 지내라는 말을 마지막으로 전화를 끊었다. 마음이 싱숭생숭하다. 이제 이 일도 끝이 보인다.

1999.9.30.(목)

드디어 마지막 통화를 마쳤다. 후련하다. 어떻게 되었건 다 끝이 나서 후련하고 시원하다. 이 마지막 전화가 끝나면 이제 정말 기회는 없다. 거의 최면수준으로 자기 암시를 했다. 일곱 시가 다 되었을 무렵 나는 김한나가 아니라 죽었던 엄마와 마지막으로 전화 통화하는 김지연이 되어 있었다. 수진이 전화를 받자마자 나는 울먹이는 소리로 오늘이 마지막 전화라는 소식을 전했다. 나 스스로도 감탄스러웠다. 이렇게까지 연기를 할 수 있다니. 수진의 죽음에 관한 얘기는 생각보다 빨리 꺼낼 수 있게 되었다. 어떻게 죽는지, 결혼하고 어떻게 되는지, 혁건의 술주정과 그 비참한 결과, 사업 실패와 가정 폭력. 지난번 이야기에 살을 붙여 더 구체적으로 보이게 했다. 수진이는 크게 충격을 받았는지 아무 말 없이 가만히 듣기만 하고 있었다. 수진이가 죽는 것은 교통사고로 정했다. 빗길 뺑소니. 전형적인 방법이었다. 한번 이야기를 시작하니 수진이 죽는 상황이 순식간에 내 머릿속에 그려졌다. 정신없이 쏟아내다 보니 이젠 내가 거짓말을 하고 있는 건지 실제 일을 얘기하는 건지 스스로도 헷갈리기 시작했다. 이야기는 막힘없이 터져 나왔다. 내 목소리에 섞여 있는 눈물이 신기했다. 다말을 하고 나니 무거운 침묵이 찾아왔다. 아마도 수진이는 이걸 어떻게 받아들여야 할지 몰라 하는 눈치였다. 침묵을 깨트린 수진은 또 한 번 고집을 부렸다. 모두를 살린다느니 모두를 행복하게 한다느니 미래를 바꾼다느니 고집을 부리며 혁건 오빠를 놓지 않았다. 나는 다시 한번 강하게 말했다. 지옥같았던 삶을 바꿀 마지막 기회 앞에 놓인 김지연이 되어 필사적으로 수진이에게 애걸했다. 지난 다섯 번의 통화내용이 주마등처럼 스쳐 지나갔다. 나는 절규했다. 격해진 감정 끝에 울음이 터져 나왔다. 내 몸이 알아서 움직였다. 나는 단호했다.

다른 방법은 없었다. 김혁건과 한수진이 헤어지는 것이 모두를 위해 좋은 일이었다. 그때 만큼은 술에 취해 폭력을 휘두르는 김혁건도 죽은 한수진도 간절한 바람 끝에 과거의 엄마와 통화하는 김지연도 죄 없는 김두현도 모두 실존하는 사람들이었다. 폭풍 같은 순간이 한 번 더 지나가고 수진이가 다시 물었다. 결혼을 안 하면 김지연은 이 세상에 존재하지 않는 거냐고. 그런 건 아무 상관 없었다. 애초에 김지연이라는 사람이 존재한 적도 없는데 그딴 건 아무 문제도 되지 않았다. 이제는 전화를 끝내야 하는 시간이었다. 끝까지 비참하고 지옥 같은 미래만 말해줬어야 했는데, 문득 미래의 김지연과 한수진이 안타깝게 느껴져 나도 모르게 위로를 건네고 말았다. 수진은 이제 모든 것을 포기한 듯한 말투로 몇 가지를 더 물었고 나는 마지막 전화라는 핑계로 대충 얼버무리며 대답해주었다. 약속을 어기면 받는 패널티는 어차피 마지막엔 소용없는 것으로 말해두었으니 수진이는 별다른 생각을 가지지 않을 것이다. 오히려 패널티는 전화를 마무리할 때 요긴하게 사용하였다. 오늘 전화하기 전 미리 생각해두고 전화를 걸어서 다행이었다. 더 이상의 질문은 곤란하겠다는 생각이 들었을 때 전화 연결이 끊어진 척하며 전화를 끝냈다. 마지막으로 단 하나의 목적, 혁건 오빠와의 이별을 부탁하며. 이걸로 혁건 오빠와 수진이가 헤어지지 않을 수도 있다. 그래도 끝이라고 생각하니 후련했다. 시원했다. 혁건 오빠를 갖기 위해 이런 노력을 했다는 자체에서 나름의 뿌듯함도 있었다. 이걸로 헤어지지 않는다 해도 나는 다른 방법을 찾을 것이다. 그것도 안 된다면 또 다른 방법을 찾을 것이다. 그게 언제까지가 되든 상관없었다. 몇 번이든 상관이 없다. 나는 반드시 혁건 오빠를 내 사람으로 만들 것이다.

2006.3.

수진은 환한 미소와 함께 인천공항 입국 게이트를 빠져나왔다. 카트 위로 가득 실린 캐리어의 무게가 하나도 느껴지지 않았다. 게이트를 나서는 발걸음이 다급하기만 했다.

게이트 문이 열리자 단번에 부모님이 보였다. 수진은 카트도 내팽개치고 부모님에게 달려가 와락 안겼다. 너무 오랜만에 느껴보는 부모님의 따뜻한 품이었다.

수진은 메고 있던 가방을 열어 파란색 무언가를 꺼냈다. 독일에서 가져온 박사 학위였다. 수진은 학위를 가장 먼저 부모님께 보여드리고 싶었다. 학위를 받아 본 부모님의 눈가가 서서히 붉어졌다. 그리고 잠시 후 누가 먼저랄 것도 없이 눈물이 나오기 시작했다.

6년 전 김포공항에서 꾹꾹 눌렀던 눈물이 이제야 흘러나왔다.

2006.9.

수진은 떨리는 마음으로 강의실에 들어섰다. 수진이 학교에 입학하고 첫 수업을 들었던 바로 그 강의실이었다. 컴퓨터와 강의 테이블 등 사소한 것들이 바뀌긴 했지만 수진의 과거 기억 속 그대로였다.

수진이 강단에 서자 시끌시끌하던 강의실 안이 조용해졌다. 수진은 그 자리에 선 채로 학생들을 바라보았다. 학생들은 똘

망똘망한 눈으로 수진과 시선을 맞췄다. 수진은 처음으로 강의를 들었던 그때가 생각났다. 감회가 남달랐다. 수진이 약간 떨리는 목소리로 입을 열었다.

"한수진 교수입니다."

강의실에 앉은 학생들은 스무 살 수진의 모습을 그대로 닮아 있었다. 수진의 인생 첫 강의가 그렇게 시작되고 있었다.

2017.6.

수진의 이름이 장내에 울려 퍼졌다. 자신의 이름이 호명되자 수진은 자리에서 일어나 무대를 향해 걸어갔다. 객석의 사람들이 모두 수진을 향해 박수를 보냈다.

수진이 무대에 올라서자 시상자가 반짝이는 상패와 꽃다발을 수진에게 건넸다. 수진은 조심스럽게 상패와 꽃다발을 안아 들고 관객들을 향해 섰다.

쏟아지는 박수 갈채에 수진의 얼굴에 기분 좋은 미소가 떠올랐다.

박수 소리가 이내 잦아들고 마이크 앞에 선 수진이 목을 가다듬었다. 이 자리가 자신에게 얼마나 영광스러운 자리인지, 자신이 지금 얼마나 큰 감사와 기쁨을 느끼고 있는지 수진은 모두에게 감사 인사를 전했다. 다시 한번 쏟아지는 박수 갈채 속에서 수진의 눈은 그 어느 때보다 빛났다. 벅차오르는 표정으로 장내를 둘러본 수진은 과거의 어느 때를 기억하며 주먹을 꽉 쥐었다.

"마지막으로, 제가 유학을 가기 전 많이 고민하고 힘들어할 때 고민 없이 학자의 길, 교수의 길로 걸어갈 수 있도록 도와준 한 사람에게 감사 인사를 전합니다. 그때 네 전화 한 통이 아니었다면 나는 그렇게 굳은 마음으로 독일 유학길에 오르지 못했을 거야. 내가 지금 이 자리에 서 있을 수 있는 건 모두 네 덕분이야. 너도 그곳에서 행복하게 잘 지내고 있으리라 믿어. 고맙고, 고마웠어. 감사합니다."

2017.7.

어제부터 시작된 비는 그칠 기미 없이 세차게 내리고 있었다. 아직 여섯 시도 채 되지 않은 시간이었지만 퍼붓는 비 때문에 창밖은 한밤중처럼 어두컴컴했다. 한나는 비릿한 피 맛을 삼키며 벽에 기대 창밖을 바라보고 있었다. 온몸이 욱신욱신거렸다. 오늘은 유독 어깨가 아팠다. 저번에 크게 다친 곳에 또 멍이 든 것 같았다. 아직 두 뺨과 어금니도 얼얼했다. 옆에는 혁건이 술 냄새를 풀풀 풍기며 곯아떨어져 있었다.

선미가 혁건의 눈치를 보며 발뒤꿈치를 들고 조심스럽게 한나에게 다가왔다. 한나는 고개를 돌려 선미를 바라보았다. 선미가 빨개진 눈으로 한나를 응시했다. 한나는 선미를 끌어안고 속삭였다.

"괜찮아, 괜찮아."

"엄마, 많이 아프지?"

"괜찮아. 엄마는 다 괜찮아."

한나가 애써 선미를 토닥였다. 빗소리가 점점 거세졌다. 엄마 품에 안겨 있던 선미의 배 속에서 꼬르륵 소리가 났다. 집에는 먹을 것이 아무것도 없었다. 한나는 안겨 있는 선미를 떼어냈다.

"엄마가 먹을 것 좀 사 올게. 조금만 기다리고 있어."

"비가 많이 오잖아. 나가지 마. 나 배 하나도 안 고파."

선미가 작은 손으로 한나의 옷가지를 움켜쥐었다.

"아냐, 엄마 괜찮아. 금방 갔다 올게."

한나는 선미의 손을 떼어내고 방을 나섰다.

"엄마, 그럼 나도 같이 갈래. 아빠 무서워."

"안 돼. 비가 너무 많이 와."

"괜찮아. 나도 갈래."

선미는 한나의 다리를 붙잡고 고개를 파묻었다.

"……그래, 그러자."

한나는 지갑과 우산을 챙긴 후 선미의 손을 잡고 집을 나섰다. 혁건은 여전히 난장판이 된 방 한가운데서 코를 골며 퍼질러져 있었다.

빗방울이 거친 소리를 내며 우산을 두들겼다. 미처 막아내지 못한 빗방울들이 우산 속으로 튀어 들어왔다. 두 사람의 티셔츠가 축축하게 젖었지만 별다른 말은 없었다. 이런 상황에서도 식사는 해야 한다는 비참함과 좌절만이 두 사람을 감싸고 있었다.

한나는 얼마 전부터 대형마트에서 장을 보기 시작했다. 유통기한이 얼만 남지 않은 식재료들을 싸게 판다는 것을 알게 된 이후부터다. 대형마트는 집에서 멀었다. 중간에 있는 대학교를 지나 30분을 넘게 더 걸어야 했다. 집 바로 근처에 재래시장이 있었지만 한나는 더 저렴하게 사기 위해 마트만 다녔다. 한나는 비가 쏟아지는 하늘을 올려다보며 오늘은 선미도 있으니 가까운 시장에 갈까 잠시 고민했지만 이내 대형마트 쪽으로 발걸음을 옮겼다.

아무것도 모르는 선미는 한나만 따라왔다.

비는 여전히 세상을 삼킬 듯 퍼부었다. 신발 속으로 빗물이 들어오기 시작했지만 두 사람은 묵묵히 걷기만 했다. 익숙한 횡단보도에 서자 한나는 푹 숙이고 있던 우산을 들어 올렸다. 눈앞에 20대의 청춘을 보낸 대학교가 있었다. 한나는 잠시 그 자리에 서서 옛 추억에 잠겼다. 그리운 그 시절 추억들은 빗방울보다 빠르게 지나갔다.

신호등이 초록불로 바뀌었다. 선미의 손을 고쳐 잡고 횡단보도를 건너려던 순간, 한나의 눈에 익숙한 글자가 스쳐 지나갔다. 한나는 횡단보도 가운데 멍하니 서서 정문 가장 높은 곳에 걸린 현수막을 뚫어져라 바라보았다.

'경축! 인문대학 사학과 한수진 교수, 최연소 최우수학자상 대통령 표창 수상'

"한수진……."

한수진, 참 오랜만에 듣는 이름이었다. 저도 모르게 실소가 터져 나왔다.

"엄마, 뭐 해?"

선미가 멈춰선 한나를 재촉했다. 신호등에선 시간이 얼마 남지 않았다는 알림음이 울렸다. 한나는 서둘러 횡단보도를 건넜다. 인도에 올라서자마자 두 사람 뒤로 차들이 쌩하고 지나갔다. 한나는 다시 한번 현수막을 올려다보았다.

우산을 쓰고 있었지만 한나는 비에 흠뻑 젖어 들어가는 기분이었다. 빗소리가 한나의 귓가를 때렸다. 어떻게 일이 이렇게 되었는지 정말 신기할 뿐이었다. 말이 씨가 되기라도 한 건지, 아니면 진짜 신이라도 있는 건지. 한나는 이 기가 막힌 상황을 쉽게 받아들일 수가 없었다.

"엄마, 왜 그래?"

선미가 엄마의 얼굴을 올려다보며 물었다.

"……아니야, 가자."

한나가 몸을 돌렸다. 선미도 더는 묻지 않고 한나 뒤를 따라 갔다. 여전히 비가 세차게 내리고 있었다.

유통기한이 임박해 80% 이상 세일을 하는 상품들로만 장을 봤지만 그마저도 몇 가지 되지 않았다. 장을 다 보고 나올 때까지도 비는 여전히 그칠 기미가 보이지 않았다.

한나는 제 손을 꼭 쥐고 있는 선미를 내려다보았다. 아마 힘들 터였다. 마음 같아선 집까지 택시를 타고 싶었지만, 그렇게 되면 물건을 싸게 사기 위해 애써 마트까지 온 것이 소용 없게 되었다.

"엄마, 얼른 가자!"

엄마의 마음을 눈치챈 건지 선미가 얼른 앞장섰다.

"저기 학교 후문 쪽으로 가자. 비가 많이 오네."

한나도 우산을 펴며 말했다.

대학교 후문 쪽을 지나서 집에 가는 길은 경사가 높고 어두워 평소에 한나가 잘 가지 않는 길이었다. 하지만 집까지 거리는 그쪽이 훨씬 가까웠다. 한나는 한시라도 빨리 선미를 집에 데려다 놓고 싶었다.

학교 후문 쪽 길은 평소보다도 더 인적이 드물었다. 비까지 강하게 내리고 있어 더 음산하게 느껴졌다. 게다가 경사가 가

파른 탓에 온몸이 멍 투성이인 한나는 한 걸음 한 걸음이 고통스러웠다. 빨리 집에 도착해 선미에게 저녁을 챙겨줄 생각 하나만으로 버텨내고 있었다. 선미도 부지런히 걸었다. 빗물이 신발 속으로 다시 스며들고 있었다.

횡단보도를 건너기 위해 잠시 멈춰 섰다. 역시나 주변에 사람은 아무도 없었다. 무거운 짐에 우산까지 받쳐 드느라 한나는 힘이 부쳐오기 시작했다. 이따금 차들이 빠른 속도로 지나갔다. 한나는 손가락이 저릿해져 연신 장바구니를 든 손을 바꿔댔다.

"엄마 이리 줘, 내가 들게."

보다 못한 선미가 장바구니를 받아들려 했지만 한나는 선미를 저지했다.

"아니야. 엄마가 들게 괜찮아. 안 무거워."

"내가 도와줄게. 이리 줘, 엄마."

"아니야, 괜찮아. 불 바뀌었다. 가자."

한나가 선미의 시선을 무시한 채 먼저 발걸음을 옮겼다. 선미는 종종 걸음으로 한나의 뒤를 쫓았다.

순간 세상이 하얗게 변했다. 수백 개의 형광등이 한꺼번에 불이 켜진 게 아닐까 하는 착각이 일었다.

정신이 없는 와중에 쾅 하는 소리와 함께 기분 나쁜 마찰음이 들려왔다. 눈이 멀 듯한 빛과 커다란 굉음, 뒤틀린 듯 흘러가는 시간이 한데 뒤엉켰다. 커다란 트럭이 천천히 다가와 한나의 몸에 부딪혔다. 한나가 들고 있던 장바구니와 우산이 붕 하고 떠올랐다. 한나의 몸이 부등호 모양으로 휜 채로 허공으로 떠올랐다. 한나의 눈에 빗방울 하나하나가 선명하게 들어왔다.

갑자기 세찬 빗소리가 귓속을 뚫고 들어왔다. 소리가 들리자 마치 변기 속으로 물이 빨려가듯 느리게 가던 시간이 원래 속도로 되돌아왔다.

선미의 시선 안에 한나는 없었다. 한나는 저만치 떨어진 곳에 널부러져 온몸으로 비를 맞고 있었다. 근처에 장바구니와 우산이 나뒹굴었다. 깜깜한 어둠 속에서 트럭의 헤드라이트를 받고 있는 한나만이 선명하게 보였다. 선미는 비명을 지르며 한나에게 뛰어갔다. 멈춰 선 트럭에서도 운전자가 튀어나와 한나에게 뛰어갔다.

"으……."

빗속에서 엎어져 있는 한나는 나지막이 신음을 뱉고 있었다.

"엄마!"

"으……."

한나는 아직 의식이 있었다. 세게 부딪힌 머리가 아팠지만 다행히 피가 흐르지는 않았다.

"아주머니! 괜찮으세요?"

트럭 기사가 한나의 몸을 흔들며 소리쳤다.

"엄마, 엄마!"

한나는 선미의 부름에도 나지막한 신음만 내뱉을 뿐이었다.

"119…… 119……."

선미가 중얼거리며 핸드폰을 더듬었다. 선미의 손은 덜덜 떨리고 있었다. 옷 소매로 연신 화면을 닦아댔지만 119를 누르는 데 한참이나 시간이 걸렸다.

"119죠? 여기 교통사고가 났는데요…… 엄마가 치였어요. 네…… 네…… 위치가 어디냐면……."

줄기차게 내리는 빗물 사이로 힘없이 늘어져 있는 한나와 무릎을 꿇고 고개를 푹 숙인 트럭 기사가 보였다. 아무리 눈앞을 닦아봐도 변하는 게 없었다.

선미는 어쩔 줄 몰라 하며 울음을 터트렸다. 선미가 할 수 있는 건 없었다.

죽은 듯이 엎어져 있는 한나와 핸드폰을 손에 쥐고 울고 있는 선미의 위로 장대 같은 비가 하염없이 쏟아지고 있었다.